colección alandar

El arquitecto
y el emperador de Arabia

Joan Manuel Gisbert

EDELVIVES

Dirección editorial:
Departamento de Literatura GE

Dirección de arte:
Departamento de Diseño GE

Diseño de la colección:
Manuel Estrada

Fotografía de cubierta:
Prisma

2ª edición, 41ª impresión: marzo 2022

© Del texto: Joan Manuel Gisbert
© De esta edición: Grupo Editorial Luis Vives, 2002

Impresión:
Edelvives Talleres Gráficos. Certificado ISO 9001
Impreso en Zaragoza, España

ISBN: 978-84-263-4846-3
Depósito legal: Z 70-2012

Todos los derechos reservados. Cualquier forma de reproducción, distribución, comunicación pública o transformación de esta obra solo puede ser realizada con la autorización de sus titulares, salvo excepción prevista por la ley. Diríjase a CEDRO (Centro Español de Derechos Reprográficos) si necesita fotocopiar o escanear algún fragmento de esta obra (www.conlicencia.com; 91 702 19 70 / 93 272 04 47).

El 0,7% de la venta de este libro se destina al Proyecto «Mejora de la Calidad y oferta educativa del ciclo diversificado del Instituto Tecnológico Quiché de Chichicastenango (Guatemala)», que gestiona la ONG Solidaridad, Educación, Desarrollo (SED).

FICHA PARA BIBLIOTECAS

```
GISBERT, Joan Manuel (1949–)
  El arquitecto y el emperador de Arabia / Joan Manuel Gisbert.
– 2ª ed. rev., 41ª reimp. – [Zaragoza] : Edelvives, 2022
  122 p. ; 22 cm. – (Alandar ; 10)
  ISBN 978-84-263-4846-3
  1. Arabia. 2. Emperadores. 3. Arquitectura. 4. Jardines. 5. Ambición.
I. Título. II. Serie.
  087.5:821.134.2-31"19"
```

*A los poetas árabes medievales que cantaron
las ciudades soñadas e imaginarias.*

PRIMERA PARTE

I

Al-Iksir, el Más Alto, Rey de los reyes de Arabia y uno de los cuatro más grandes soberanos de la Tierra en una época lejana, escrutaba el horizonte desde el alminar principal de su alcázar-palacio.

Esperaba con ansiedad la llegada del arquitecto. Miles de emisarios lo habían buscado por tierras de tres continentes, desplegándose por todo el orbe conocido. Pocas eran las jornadas que podían faltar, si alguna quedaba, para tener ante sí a Iskandar, en palacio. Entonces empezaría un camino de gloria para ambos.

Un tiempo atrás, el Señor de Arabia, aunque era aún de mediana edad, había empezado a sentir la nostalgia de la posteridad. Forzado a admitir, tras numerosas tentativas con catorce distintas esposas, que no podría tener hijos, supo que su dinastía iba a extinguirse con él. Su sangre no pasaría la barrera de la muerte. Entonces deseó encontrar otra manera de prolongarse en el futuro. Y recordó:

—¿Dónde están los reyes que poblaron estas regiones, mis antecesores, los reyes de Arabia, dónde están? ¿Dónde está Adán, fundador de la Humanidad? ¿Dónde está Noé con toda su descendencia? ¿Dónde se encuentran los reyes de la India y de los llanos del Irak? ¿Dónde y cómo están los antiguos Señores de la Tierra? Muertos y olvidados.

Al-Iksir no podía confiar en hazañas guerreras ni en glorias de conquista. Su Imperio abarcaba lo preciso para resultar estable. Por otra parte, los equilibrios de fuerzas entre ejércitos aseguraban la permanencia de las fronteras por tiempo indefinido.

Así pues, como monarca amante de las artes y exaltador de los placeres sensuales, concibió la idea por la que esperaba alcanzar gloria futura. Impulsaría la construcción de un Jardín Monumental que fuera encanto de los sentidos y refugio de arte y belleza incomparable.

Para ello necesitaba tener a su servicio, al frente de la obra, al más capacitado de los arquitectos y artífices de parques ornamentales que viviese en el mundo.

Envió embajadas, observadores y emisarios por todos los caminos. Cada uno de aquellos hombres tenía la misión de nombrarle, tras haber comparado sus obras y las de los demás, al más dotado de los creadores de paraísos que existiese en la Tierra.

Muchos años anduvieron por las naciones sus enviados. Al fin, un mismo nombre resplandeció en boca de todos: Iskandar, el arquitecto apátrida, de persas descendiente lejano. También de mediana edad, como el Emperador de Arabia, había sembrado todo el Oriente de obras admirables. Los que las habían contemplado no podían olvidarlas. Parecía tener un don divino para lograr la más conmovedora hermosura con toda clase de formas y materiales. Era maestro en muy diversas artes y técnicas, entre las que destacaban, además de la arquitectura, la hidráulica, la botánica, la zoología, la orfebrería, la escultura, la acústica y otras diversas ramas de la ingeniería.

La unánime coincidencia de opiniones no dejó lugar a dudas. Iskandar era el hombre que Al-Iksir necesitaba. Ordenó que fuera llevado a su palacio desde allá donde estuviese, con la indicación de que el Emperador de Arabia quería ofrecerle un fabuloso contrato.

Debido a que nadie pudo dar razón exacta de dónde se encontraba el arquitecto en aquellos días, empezó una búsqueda prolongada y ardua. El número de emisarios enviados a su encuentro fue diez veces mayor que el de los observadores que habían aconsejado su elección.

Pero no fue hasta pasado un año, cuando Al-Iksir ya desesperaba de que pudieran encontrarlo, que le fue anunciado que Iskandar, procedente de Egipto, estaba ya en Arabia, camino de la capital del Imperio.

Desde aquel momento, todas las horas de Al-Iksir se consagraron a la espera del designado.

Cuando aquel día divisó en lontananza los estandartes del cortejo, lanzó su halcón al aire, diciéndole:

—Vuela, ave, a lo más alto a que puedas elevarte y deja una estela en el aire con tus alas: en un día como éste han de engalanarse los espacios.

II

A su llegada a las puertas del alcázar-palacio, Iskandar fue invitado por un chambelán a sentarse en un palanquín cubierto de sedas y brocados. Cuatro esclavos lo llevaban: uno era turco; otro, indio; el tercero, griego y el último, abisinio. Lo condujeron en andas por largos pasillos y amplias estancias. Los pajes, soldados y cortesanos se inclinaban a su paso, saludándolo como personaje singular.

Al fin, tras un largo trayecto, fue introducido en el salón del trono bajo el protocolo más solemne.

Los dignatarios, de pie, a ambos lados, vestían sedas verdes, rojas y amarillas y se tocaban con turbantes blancos. Al fondo se elevaba el sitial del Emperador de Arabia. El soberano permanecía sentado, con un cojín de escamas doradas a sus pies. Sus visires lo flanqueaban.

La sala entera refulgía en su enlosado de rojo mármol y en sus columnas de ónice del Yemen, con vetas rojas y negras, que dibujaban figuras sobre el blanco. Maderas de sándalo y de áloe en astillas ardían lentamente en los braseros, esparciendo suaves fragancias.

Iskandar, en acusado contraste con el esplendor que lo rodeaba, iba vestido con una sencilla túnica de piel de cabra y unas toscas sandalias. Pero no tenía aspecto de estar intimidado. Su porte era sereno y sus movimientos exactos. En todo se lo veía seguro de sí mismo y conocedor del protocolo. Con la mirada baja avanzó hacia el trono y, a cierta distancia, se prosternó ante Al-Iksir, besó el suelo y esperó a que el soberano hablara.

—¿Por qué compareces ante mí vestido con tal pobreza? —preguntó el Emperador de Arabia, añadiendo luego—: Puedes levantarte.

—Señor de los Señores —empezó a decir el arquitecto incorporándose—, no poseo más nobleza o rango que los de mi ingenio y arte, ni más fortuna que la que éstos puedan procurarme.

—Comprendo lo que dices —repuso el egregio personaje—, pero ello no diluye mi extrañeza, puesto que, sin duda, las obras que hasta hoy realizaste te valieron generosas recompensas.

—Así fue, mi Señor. Pero todo lo dediqué a los muchos viajes que me permitieron conocer antiguos templos y jardines, y ruinas de ciudades prodigiosas. En todos esos lugares contemplé formas que estimularon mi deseo de crear recintos nuevos. Un hombre de mi oficio necesita conocer cuanto hicieron los grandes arquitectos del pasado. Este conocimiento es la mayor y única riqueza que he acumulado, y la causa de la pobreza material que me acompaña.

—No te acompañará por mucho tiempo si entras

a mi servicio y demuestras ser el más grande de los artífices que viven bajo el sol, como todos aseguran.

—¿Cómo podré demostrarlo, altísimo soberano?

—Quiero que construyas para mí y mis súbditos más amados un jardín prodigioso en el que los sentidos vuelen y la fantasía sea exaltada. Quiero que hagas surgir de un cenagal el vergel ornamentado más hermoso que nunca haya existido en la faz del mundo. Quiero que ese recinto sin igual sea asombro y maravilla, en grado máximo, de cuantos tengan el privilegio de visitarlo. Quiero que su hermosura sea tanta que nunca en el tiempo por venir se pueda erigir otro que lo iguale. ¿Te sientes con fuerzas para aceptar el desafío?

Sin un parpadeo, Iskandar repuso:

—Aunque me queda mucho que aprender en el desempeño de mis artes, creo que el magno desafío me elevará por encima de mis posibilidades actuales y lograré concebir algo que sea excepcional. Llevaba ya tiempo soñando con una propuesta semejante. Muchas de las ideas que últimamente he madurado podrán tomar cuerpo en la gran obra, a condición de que los medios sean amplios.

—Por ello no debes inquietarte. Dispondrás de todo lo necesario en hombres y materiales. Los mejores artesanos de Arabia, y aun de otras tierras si fuese necesario, estarán a tus órdenes. Y para la adquisición de cuanto haga falta, mis enviados recorrerán la península y los mercados extranjeros. La cámara de mi tesoro estará abierta para el máximo esplendor del Jardín monumental. No habrá impedimento material que dificulte la excelencia de la obra, puedo asegurártelo, ni la rapidez de su ejecución. Quiero gozar del Jardín por largos años.

—Si depositáis en mí vuestra confianza, tened por seguro que no habré de defraudaros.

Poniéndose en pie y llenando con su voz toda la sala, el Emperador de Arabia dijo entonces:

—Y si así es, como espero, ten por seguro tú también, arquitecto, y empeño en ello todo el honor de mi palabra, que la recompensa que de mí alcanzarás te igualará en riqueza a muchos príncipes y te hará nadar en la abundancia por el resto de tu vida.

—Cuando la obra esté acabada, me someteré a vuestra generosa estimación. Aceptaré de buen grado lo que creáis conveniente otorgarme como pago por mi trabajo. Entre tanto me sentiré lo bastante afortunado con crear el más bello recinto que nunca haya visto ojo humano.

—El magno cometido está en tus manos. ¿Te encuentras en situación de empezar la elaboración de tu proyecto?

—Lo estoy, mi Señor. Nada me ata ni me reclama en otra parte. Puedo entrar a vuestro servicio en este mismo instante.

—Todo lo que teníamos que tratar está hablado. Quiero que inicies cuanto antes tu trabajo.

—Ya lo he iniciado. Desde el momento en que oí vuestro deseo, mi mente se puso en marcha. Hasta el final de los trabajos, mi tiempo y mi vida serán vuestros.

—Que lo sean para gloria de ambos.

Un gran clamor de trompetas y timbales rubricó la solemnidad del pacto.

III

Iskandar fue instalado con toda pompa en dos grandes estancias comunicadas entre sí que se encontraban en el sector sur de palacio. Desde sus ventanales divisaba el enorme cenagal que había de convertir en recinto prodigioso.

Una de las estancias fue destinada al descanso, y la otra, la más grande, se convirtió en su gabinete de trabajo. Sobre grandes mesas fueron dispuestos, en abundancia, todos los materiales necesarios: papeles de Bagdad y Damasco, pergaminos grandes, escuadras, cartabones, reglas, compases, pantógrafos, grafitos, carboncillos, piezas de bambú afiladas, tintas negras y de color y otros preciosos útiles de trazado, dibujo y escritura.

El arquitecto empezó enseguida a inspeccionar los terrenos elegidos y efectuó en ellos pruebas hidráulicas y observaciones topográficas. Con una primera dotación de hombres experimentados, estudió las arcillas, las venas de agua y los manantiales subterráneos. De hora en hora midió las brisas, la evolución de la humedad en el ambiente, los ángulos de incidencia de la luz, la proyección de las sombras, las temperaturas. Se informó con detalle de los cambios atmosféricos a lo largo de las estaciones del año e hizo muchas preguntas acerca de vientos y lluvias.

Entregado por completo a su trabajo, hizo previsiones y trazó numerosos planos, esbozos y bocetos, de los que realizó sucesivas versiones, siempre mejoradas, acompañadas de cálculos y listas de las herramientas necesarias.

Cada día, al anochecer, después de la frugal cena que ingería sin salir del gabinete, se hacía preparar una infusión de catorce hierbas de la baja cuenca del Nilo que había traído consigo. Con aquella bebida conseguía que la creación del recinto ajardinado fuese también el tema de sus sueños cuando dormía. Así su mente seguía trabajando, con mayor libertad y audacia que en las horas de vigilia, en el gran proyecto que lo apasionaba y lo absorbía.

Al despertar, plasmaba en sus dibujos y escritos lo más bello y útil de cuanto había soñado. Las primeras horas de la mañana estaban siempre dedicadas a aquella tarea singular.

Iskandar, sumido a toda hora en su trabajo, llevaba una existencia aislada y solitaria, sólo tenía trato con los obreros y esclavos que lo ayudaban en las prospecciones del cenagal. Por lo demás, se recluía en sus aposentos y nada más que en raras ocasiones disfrutaba de las veladas musicales de palacio, que se celebraban a diario.

El Emperador de Arabia respetaba la concentración del arquitecto y velaba por que no fuese molestado. Él mismo sólo lo visitaba de tarde en tarde, siempre con brevedad, para infundirle ánimos y renovarle su confianza.

El diálogo entre ambos transcurría cada vez de modo análogo. Al ver entrar al soberano en su gabinete de trabajo, Iskandar se inclinaba, diciendo:

—El proyecto avanza con enorme fluidez, mi Señor; pero no ha llegado aún la hora de mostrároslo. Su belleza será mucho mayor que la que tiene en este instante. Dadme algún tiempo más, os lo suplico.

Al-Iksir dirigía una mirada de soslayo a los planos y dibujos esparcidos por las mesas, pero se abstenía de mirarlos con mayor atención, para respetar la voluntad del arquitecto. Después, invariablemente, respondía:

—Tómate todo el tiempo que te sea necesario, pero ni una hora más. Llega con tu ingenio hasta la cumbre, mas sin perder ni un solo día. No olvides que la impaciencia me consume, aunque sé que la espera será fructífera.

La respuesta del arquitecto era:

—No habrá hora que yo no dedique al crecimiento de los diseños y cálculos. Hasta que el proyecto esté ultimado no conocerá descanso.

Y, finalmente, Al-Iksir proclamaba:

—La recompensa que tendrás alcanzará a tu vida entera, lo reitero.

En cuanto el Emperador se retiraba, Iskandar reemprendía su trabajo. A los pocos minutos había olvidado la visita. No necesitaba más estímulos que los que ya corrían por su sangre y su cerebro.

* * *

Pasados siete meses casi exactos desde la primera audiencia, el arquitecto expresó sus deseos de presentar el gran proyecto a la aprobación del Emperador de Arabia.

A pesar de que tuvo que interrumpir una reunión de Estado, el soberano lo recibió inmediatamente. Sus ojos brillaban como si estuviesen inundados de colirio.

El proyecto constaba de cuatrocientos catorce pliegos, cuidadosamente doblados, que fueron introducidos en el salón por ocho pajes. En ellos todo estaba expuesto con detalle, con dibujos, textos y cálculos, desde la remoción y traslado de tierras hasta los pormenores de decoración de cúpulas y artesonados. El recinto ajardinado constaría de treinta distintos pabellones singulares, a cuál más dotado de hermosura; de sesenta diferentes estanques, con sus artísticos surtidores y estatuas proveedoras de agua; de setenta templetes, como sueños cristalizados; de cien glorietas diversas, para sustentación de plantas colgantes; de doscientas grandes pajareras, todas de distinta forma, para el alojamiento de un sinnúmero de especies de aves, así como de zonas reservadas para la libre proliferación de ejemplares de paso. Las clases de árboles que el parque contendría eran más de trescientas, desde el mítico drago, de savia roja como la sangre, que llegaría de las islas Afortunadas, hasta el evocador ciprés de esbelta figura, que sería transportado desde la península de Grecia.

El estudio de Iskandar incluía también una estimación del número total de hombres que serían necesarios, distribuidos por especialidades, y de la cantidad de cada uno de los materiales que iban a emplearse, desde las simples piedras y gravas hasta las gemas de orfebrería.

A las varias horas de estar examinando los planos y dibujos, y de escuchar las explicaciones que le ofrecía el arquitecto, el Emperador de Arabia quedó convencido de que el proyecto superaba con creces, en variedad, belleza y armonía, a cuanto él había imaginado. Gozosamente abrumado por la excelencia del plan de la obra, y sin esperar al examen completo de los diseños, anunció:

—Tu creación me complace en grado máximo. Has demostrado ser, en efecto, el más grande y preclaro de los arquitectos. No es necesario que sigas hablando. Tanta belleza ya clama por hacerse realidad. Dime tan sólo, como aclaración final: ¿qué has previsto para el espacio central del parque?

—En el último pliego está descrito —dijo Iskandar, deslizándolo de la base de un montón de planos y desplegándolo ante los ojos del monarca, para decir enseguida—: un gran túmulo de mármol blanco, salpicado de incrustaciones de oro que representan las constelaciones.

—Hermoso parece ser —dijo Al-Iksir, dubitativo—. ¿Qué significa?

—Con él, mi Señor, rindo homenaje a mis antecesores, los antiguos arquitectos persas. Ellos creían que en el centro del Universo había una montaña mágica. Por ello, cuando trazaban un jardín de arte, siempre disponían en el centro algo que simbolizaba la cósmica montaña. A siglos de distancia, yo he querido respetar aquella antigua tradición para enriquecer el proyecto.

—Brillante idea es, y, sin embargo...

—Decidme, Señor de Arabia: ¿deseáis que en el centro del parque se ubique algo distinto? Si lo expuesto no os complace, dadme a conocer vuestros designios y adaptaré esa parte del proyecto a vuestra voluntad.

—Por el momento quiero tan sólo que dejes libre esa zona central. En su día te revelaré mis intenciones al respecto. Por lo demás, con júbilo lo proclamo, tu proyecto está enteramente aprobado. Pero considérate con la libertad de modificar todo lo que aún pueda mejorarlo durante el tiempo en que se construya. Mi orden es que las obras comiencen cuanto antes y acaben en el menor número de años posible.

—Podrán comenzar mañana si disponéis lo necesario. El tiempo de su ejecución no pasará de cinco años.

—Pues mañana comenzarán. Khaled, mi tercer visir, que aquí nos acompaña, queda nombrado en este mismo instante intendente general de la obra. A él transmitirás todo lo que sea necesario y él se encargará de que se cumpla: reclutamiento de hombres, adquisición de materiales, transportes, administración de los fondos. Él estará a tu servicio y será mi representante en la obra hasta que esté concluida. Hasta ese momento aún lejano, yo no pondré los pies en el recinto. No quiero descubrirlo día a día, a través del lento y trabajoso avance, sino de una sola vez, radiante y entero, culminado, como una revelación que asombre mis sentidos y asegure por siempre la fama de mi nombre y mi reinado.

Una pausa solemne siguió a aquellas palabras. Nadie osó decir nada, ni siquiera el arquitecto. Todas las figuras se inmovilizaron en espera de que el Emperador pronunciara sus últimas palabras:

—Ve, pues, Iskandar. Descansa esta noche y empieza mañana tu camino hacia la gloria.

—Oír es obedecer —dijo el arquitecto, inclinándose y saliendo luego de la estancia, seguido ceremoniosamente por los pajes que llevaban los pliegos del proyecto.

De regreso a sus aposentos, la dicha lo desbordaba. Iba a iniciar la dirección del mayor encargo que nunca había tenido. Su aliento era alegría; su pulso, esperanza; y su mirada, plenitud.

Sin embargo, las nubes del crepúsculo, en las que ni siquiera reparó, parecían anunciarle un destino adverso con sus sombríos tonos cárdenos.

IV

Al día siguiente, al rayar el alba, Iskandar se dirigió hacia el cenagal a la cabeza de un contingente de veinte capataces y trescientos peones reclutados durante la noche por Khaled, el intendente imperial. En número superior, bueyes y camellos, acostumbrados a rudas tareas de labranza, los acompañaban.

Llegado al lugar, los animales fueron enganchados por parejas a grandes arados modificados de manera que sirvieran para la remoción y el arrastre de tierras.

El primer objetivo del artífice era vaciar la gran cuenca del lodazal, cuyo contorno anticipaba el emplazamiento de las futuras murallas del jardín. Iban a levantar los barros milenarios hasta dejar al descubierto el gran lecho de roca que sustentaba el paraje a casi diez metros por debajo del nivel de las arcillas, que serían materia prima para la cocción de ladrillos de carga. La ingente operación de vaciado, acometida de sol a sol, sin descansos, bajo la atenta mirada de Iskandar, consumió más de veintidós semanas.

Khaled, entre tanto, para cumplir las peticiones del arquitecto, hizo partir ochenta largas caravanas en busca de materiales, mientras que los emisarios de Al-Iksir reclutaban por toda Arabia un gran número de operarios y artesanos, tras someterlos a difíciles pruebas para que acreditaran su pericia.

Cuando al final el vasto lecho de piedra quedó al descubierto, Iskandar horadó la roca con la ayuda de picapedreros y zahoríes recién incorporados. En poco tiempo localizaron todos los manantiales subterráneos. Después, los plomeros, llevados por Iskandar a innovar en su oficio, iniciaron el sistema de norias y conducciones hidráulicas mientras que, en la superficie, los albañiles preparaban el trazado del extenso sistema de zanjas, acueductos y canales por los que el agua llegaría a lo más alto del terreno para ser distribuida después a los estanques monumentales y a todas las acequias del parque.

Asegurado el suministro del precioso elemento, Iskandar hizo cubrir la plataforma rocosa con gravas sustentadoras y tierras fértiles de muy diversas clases, según el destino de cada zona en el proyecto.

Al-Iksir, desde su alminar más alto, observaba a distancia con su vista de águila los avances de los trabajos: la creciente transformación de los terrenos desecados, el hormigueo incesante de los operarios, la brega de los animales y la continua llegada de caravanas con aprovisionamiento de materiales.

Iskandar, que a las pocas semanas del inicio de las obras había abandonado sus aposentos de palacio, ocupaba una jaima de piel de camello, apenas más grande que las de sus ayudantes y capataces, en el campamento que se había levantado para albergar a todos los que trabajaban en la gran empresa.

Así lo había querido para estar siempre en contacto con los hombres puestos a sus órdenes y con el área que se iba transformando, a la vez que modificaba sin cesar, haciéndolos cada vez más preciosos y depurados, los dibujos de pabellones, estanques, surtidores y templetes.

Cuando se cumplían cincuenta semanas de trabajos y los cimientos de los primeros pabellones ya se asomaban al aire, acertó a pasar por allí, como uno más de los muchos curiosos que las obras atraían, un anciano ciego, de origen turco, que respondía al enigmático nombre de Zoz. Pero no era ésta su única singularidad, ni la mayor de ellas. Al decir de algunos de los árabes que trabajaban con Iskandar, era tenido por adivino en muchos lugares de Oriente y, en ocasiones, sus consejos eran oídos por gobernadores y príncipes.

Zoz viajaba a lomos de un camello decrépito, en compañía de un joven lazarillo, casi un niño, del que se decía protector. Al oír el gran estrépito de las labores de cantería y el mar de voces que sobrevolaba el recinto, pidió ser conducido ante el director de todo aquello.

Aunque Iskandar nunca entablaba conversación con curiosos o desconocidos, e incluso procuraba que fuesen alejados por la guardia, hizo una excepción con Zoz, ganado por el aspecto del personaje y la aureola de su prestigio. Lo recibió en su tienda, concediéndose un fugaz descanso. El joven lazarillo, cuyo nombre era Hasib, entró con el ciego, fue presentado por él como mudo y escaso de luces, y quedó a un lado.

—Decidme, ilustre ingeniero —dijo Zoz en cuanto estuvo sentado ante Iskandar—, ¿cuál es la causa del ruido y del polvo que percibo en este lugar?

—Aquí se está empezando a levantar lo que será una maravilla del mundo —informó el arquitecto sin altanería—. Un gran Jardín Monumental para deleite de los sentidos, como nunca lo ha habido.

—¿Sois vos el creador de esa maravilla en ciernes?

—Yo lo soy, por voluntad de mi Señor, el Emperador de Arabia —explicó Iskandar protocolariamente.

El ciego levantó la cabeza como si hubiese percibido una amenaza en el aire y preguntó:

—¿Es él vuestro Señor?

—Aunque soy apátrida, él lo será hasta que la obra se culmine. Mi Señor es siempre aquel que patrocina mi trabajo. Otros tuve antes que Al-Iksir y otros tendré en el futuro. Es condición de mi oficio. Ahora el Señor de Arabia es mi soberano. Nunca tuve otro tan generoso y magnánimo. Su confianza en mi trabajo es mi fortuna.

El anciano turco permaneció callado unos momentos, con su mirada nubla perdida en un ángulo indefinido de la jaima. Después, con voz más oscura, dijo de pronto:

—La suerte esconde a veces la desgracia.

—¿Qué queréis decir con este aforismo? —preguntó Iskandar, más por cortesía que por sentirse realmente interesado.

—Habéis recibido un encargo que casi excede de lo humano. ¿No os asusta?

—Los grandes encargos son verdaderos desafíos. Ante ellos el arquitecto no tiene más opción que superarse, si no quiere ver destruido su prestigio o verse destruido él mismo.

—Una cosa es el arte y otra la propia vida —dijo el ciego, levantando los brazos, como si algo colgado del techo de la jaima lo molestara.

—Para mí ambas cosas son la misma.

Al oír aquellas palabras, las manos alzadas de Zoz cayeron como pájaros muertos en pleno vuelo y su rostro se contrajo diciendo:

—Hermosa consigna la vuestra..., aunque pueda ser funesta un día.

Iskandar receló entonces de las artes del adivino y se dijo:

«Este modo de hablar y esos gestos enigmáticos pertenecen, sin duda, a los trucos y habilidades de su oficio: sugerir de modo ambiguo, insinuar augurios, especular con lo impreciso. Debí haberme dado cuenta antes».

El anciano añadió entonces, tuteándolo:

—Por tu bien, no olvides lo que te he dicho.

Deseoso de poner fin a los aires misteriosos del ciego, que le parecían de impostura, Iskandar le preguntó con velada ironía:

—¿Os tenéis por adivino?

—Por tal me tuvieron gentes que conocí en el mundo.

—Decidme, pues, os lo ruego: ¿cuánto tiempo pasará hasta que el Jardín Monumental esté totalmente construido?

—Contando desde hoy, cuatro años y cien días.

Iskandar quedó sorprendido. Según sus últimas estimaciones, que a nadie había comunicado, serían tres años y cien días, dejando los cien días como reserva para ultimar lo que Al-Iksir quisiera ver edificado en el centro del parque. Aunque extrañado por la exacta diferencia de un año, dijo:

—Vuestro pronóstico es equivocado. Mis cálculos son ya muy precisos.

—En tus cálculos no está lo imprevisto: fallarán. Y no sólo en esto. Temo por ti, arquitecto.

Iskandar apenas prestó atención a lo último, por considerarlo un alarde más del adivino. Y con respecto a la discrepancia de tiempos pensó:

«¿Qué puede saber de una materia tan ajena a su experiencia de caminante ciego? ¿En qué puede basarse para vaticinar un tiempo que es suma de mil factores diversos? ¿Qué idea exacta puede hacerse si ni siquiera puede ver el espacio que el Jardín ocupará? Ha hablado por hablar. La diferencia de un año es una simple coincidencia. ¿Qué puede ser, si no?».

Como adivinando el escepticismo de Iskandar y su creciente desagrado, Zoz dijo, levantándose:

—Aunque me queda ya poco camino, he de marcharme enseguida.

—¿Adónde os encamináis? —preguntó con alivio el arquitecto al ver que el encuentro concluía.

—A ninguna parte. Es decir, a dar un pequeño rodeo para volver casi al mismo sitio. Hasib, guíame. Salgamos.

Iskandar levantó el telón de la entrada para franquearles el paso. Pensaba:

«Su última entrega: un acertijo. No puede olvidar los vicios que le han dado fama entre los crédulos. Pero esta vez se ha referido a él mismo. Mejor así».

Al pasar junto al arquitecto, Zoz se detuvo y, como si pudiera verlo, le dijo:

—Guárdate de Al-Iksir cuando llegue aquel día, hijo, y salva, si puedes, lo más valioso que hay en ti. Adiós.

Ciego y lazarillo se alejaron en busca de su camello viejo.

Iskandar respiró con hondura y observó sus sombras en el suelo: ya era más de mediodía. Resueltamente se dirigió a supervisar la labor de los canteros. Los golpes de cincel le ayudarían a sepultar en su memoria el encuentro con el adivino ciego.

El cielo era tan azul que extasiaba la mirada. Todo en el aire estaba en calma. El arquitecto volvió a sí y recuperó pronto la fiebre de su dicha.

V

Tras un rato de penosa marcha, Zoz detuvo su montura y le dijo tristemente al muchacho:

—Para luego retroceder, no merece la pena seguir avanzando.

—¿Retroceder? ¿Por qué vamos a hacerlo?

—Pronto lo sabrás. Esperemos. Y ten muy presente esto: hasta que vuelvas a los páramos, fingirás más que nunca ser mudo y corto de entendimiento. Te va en ello la vida. ¿Comprendido?

—Comprendido, sí, pero...

No pudo continuar. Una columna de jinetes llegó galopando furiosamente hasta donde estaban. Eran soldados de la caballería de Al-Iksir. El que comandaba el grupo anunció escuetamente:

—El Emperador de Arabia, nuestro Señor, ordena que os llevemos a palacio.

—¿Por qué causa? —preguntó serenamente Zoz.

—Su deseo es ley. Vamos.

Sin mediar otra palabra fueron conducidos secretamente al alcázar.

Ya caía la tarde cuando Khaled le susurró a Al-Iksir:

—Ya tenemos al ciego en el cuerpo de guardia, mi Señor.

—Repíteme exactamente lo sucedido.

—Cuando vi que el arquitecto lo recibía, temí que el turco actuara solapadamente en nombre de algún proveedor extranjero. A otros hemos descubierto que intentaban parlamentar con Iskandar para inducirle a adquirir materiales que no eran necesarios a cambio de sobornos considerables.

—¿Alguna vez Iskandar se ha prestado a tales corrupciones? Me sorprendería.

—Nunca, mi Señor. Ni siquiera quiso hablar con esos mercaderes y me pidió que fueran expulsados, puedo dar fe de ello. Su proceder es intachable. Pero en cumplimiento de mis deberes de intendente, me aposté junto a la jaima al ver que, contra su costumbre, lskandar accedía a recibir en privado al turco disfrazado de mendigo.

—¿Qué escuchaste?

—La conversación fue breve y hablaron en voz muy baja. Pero oí perfectamente que, al final, pretendiendo actuar como adivino, el visitante dijo: «Guárdate de Al-Iksir cuando llegue aquel día, hijo, y salva, si puedes, lo más valioso que hay en ti».

—¿A qué día se refería el impostor?

—No pude deducirlo. Pero en cualquier caso, su delito es grave: usó de vuestro nombre para sugerir calamidades.

—Traédmelo aquí. Lo interrogaré en persona.

—Oigo y obedezco.

En la antecámara, Khaled ordenó que Zoz fuese nuevamente registrado para tener la certeza absoluta de que no llevaba armas. A continuación, con un gesto muy rápido, el intendente extrajo su daga del tahalí y, empuñándola, la hizo avanzar por el aire hasta detenerla ante los ojos del prisionero que, abiertos y opacos, parecían mirar hacia adelante.

A pesar del acercamiento vertiginoso de la daga, Zoz no se movió. Acusó tan sólo, con una leve contracción de los músculos de la cara, el aire causado por la acción de Khaled, quien dijo:

—Tal vez sea cierto que eres ciego. Vamos. Responderás por tus insidias ante el Emperador.

En decisión inesperada, Al-Iksir quiso celebrar a solas su encuentro con el adivino. Cuando quedaron sin testigos, le preguntó:

—Tú, infeliz, quienquiera que seas, previniste al arquitecto contra mí. ¿Por qué? ¿Acaso él no me servirá como yo quiero?

—Al contrario. Él cumplirá vuestros deseos en medida aún mayor de la que esperáis.

—¿Quisiste entonces darle a entender que yo no cumpliré mi palabra, que no colmaré toda su vida de lujos y riquezas como premio?

—No. El arquitecto tendrá esos lujos y riquezas,

pero él no sabe en qué consistirán. Por ello le hice la advertencia.

—¿Y qué importa en qué consistan si al tenerlas se convierte en uno de los hombres más acomodados de la Tierra, como yo le prometí si me servía?

—Eso el Emperador de Arabia lo sabe mejor que yo. No necesita escucharlo de mis labios.

Con creciente cólera, Al-Iksir exigió:

—Explícate mejor, insensato, si no quieres que te considere un embaucador que lanza al azar sus vaticinios. Te prevengo: yo castigo severamente todo engaño hecho a mi persona, así como premio con largueza la veracidad.

—Ni con el triple de las riquezas que Iskandar tendrá a su alcance podría el Señor de Arabia tentarme. Mi ciencia de adivino es un don que no se compra. Sólo lo utilizo con quienes lo necesitan de verdad. El arquitecto está en ese caso: por ello quise hablarle. Pero el gran Al-Iksir ya sabe lo que hará. No es menester que se lo diga nadie.

—Tus palabras engañosas atraerán sobre ti una pena grave. Es mi última advertencia.

Sin hacer caso de la amenaza, Zoz continuó:

—Algo diré por último: el Emperador de Arabia nunca conoció a alguien como Iskandar. No puede ni imaginar cómo es por dentro ese hombre. No reaccionará como Al-Iksir espera cuando empiece la tragedia. La crueldad no dará fruto. Con esto termino. Mi hora ha llegado, como ya sabía.

—Sólo has acertado con el último pronóstico. De

tus afrentas y fraudes pagarás el precio en sangre. Mañana al alba morirá el adivino falso, cubierto de ignominia.

—Tenía pronosticado que la noche que ahora empieza sería para mí la última. Acepto el cumplimiento del destino.

—No hay mérito alguno en tu vaticinio: ¿cómo podías confiar en seguir con vida tras conspirar contra mí y tratar de calumniarme?

—El pronóstico del fin de mi vida no tiene nada que ver con Al-Iksir, aunque él sea su instrumento.

Al soberano de Arabia le costaba creer que Zoz tuviese tanta audacia. Con sus palabras lo había rebajado a simple comparsa del destino. Simulando no estar exasperado, le preguntó al ciego:

—¿Con qué tiene que ver entonces? ¿Acaso esperabas morir de viejo, apaciblemente, la próxima madrugada?

—Yo sabía que iba a morir después de conocer a alguien que será recordado por los siglos. Y ése no es otro que Iskandar, a quien hoy he conocido.

Al-Iksir rompió su compostura mayestática y estalló:

—¡No será él el recordado por los siglos, sino el impulsor de la obra que dirige, quien ahora te habla y te condena, el Emperador de Arabia!

—Conserva esta ilusión mientras puedas, que no será mucho tiempo —sentenció Zoz con menosprecio, tuteando al monarca para degradarlo.

—¡La guardia! —clamó Al-Iksir, y ocho soldados

entraron inmediatamente—. Lleváoslo: la ley exige que al amanecer pierda la vida.

Zoz murió al alba, como había previsto. Los verdugos de Al-Iksir actuaron con presteza: el noble ciego apenas notó el momento en que ya no fue suya su cabeza.

Hasib, el lazarillo, corrió distinta suerte. Gracias a ser considerado mudo y débil mental, es decir, incapaz de comprender lo sucedido y de explicarlo, los verdugos ni se tomaron la molestia de matarlo.

En plena noche, descalzo, fue arrojado a los caminos y olvidado.

VI

Después de aquellos hechos, Khaled prestó una atención muy especial a la conducta de Iskandar. Estuvo alerta ante cualquier indicio que revelara que las advertencias del adivino habían hecho mella en él.

Pero nada pudo percibir, ni el menor atisbo. El arquitecto continuó entregado a la dirección de los trabajos, incansable, con el brío y la pasión acostumbrados.

Además, en aquellos días se iniciaron nuevas actividades en la ingente obra. Se prepararon los cimientos para la erección de las murallas de mármol que habían de proteger el recinto y aislarlo como un paraíso vedado a ojos profanos. Una parte de la red hidráulica, con sus norias de impulsión y sus cauces principales y secundarios, estaba ya totalmente construida y era sometida a pruebas de circulación de aguas a todo caudal para detectar el menor fallo o la más pequeña grieta. Se empezaba también la implantación en el terreno de los árboles más grandes y de aquellos que necesitaban de un período de aclimatación más largo. Y en zonas umbrías se diseminaron fertilizantes especiales para intentar los primeros cruces florales.

Aquel incremento de operaciones estuvo acompañado por la llegada de nuevos técnicos y operarios procedentes de toda Arabia y de países extranjeros.

En su conjunto ya eran más de mil quinientos los hombres que tomaban parte en los trabajos.

Entre tanto incremento de personas y tantas líneas de actividad simultáneas, parecía obvio que la atención y las energías de Iskandar estuvieran consagradas por entero al parque.

Todo hacía pensar, sin asomo de duda, que no recordaba haber tenido un encuentro con Zoz, el adivino turco.

Tras ser expulsado del alcázar-palacio, Hasib, el lazarillo, anduvo tres días y tres noches descalzo por los páramos sin apenas dormir ni descansar. Llevaba consigo el cayado de su protector, al que nadie había dado valor ni importancia, y con él se ayudaba en la marcha.

Falto de otras esperanzas, su objetivo era el de alejarse tanto como le fuera posible de la capital del Imperio. Temía que los soldados cambiaran de opinión y salieran a matarlo. Cuanto más lejos llegara, más a salvo estaría, pensaba.

Al ir pasando nuevos días sin verse descubierto, fue adquiriendo algo de confianza y sosegó el paso. Poco a poco se aventuró a entrar en los poblados. Su aspecto, que inspiraba lástima, le ayudó a procurarse alimento, calzado y distintos harapos. Pero siempre andaba con el ánimo sobresaltado, por temor a ser denunciado por los espías del Emperador que, según se decía, estaban en todas partes.

Una tarde, muerto de cansancio, entró en un palmeral que estaba algo apartado de los caminos principales. Pronto el sueño y la fatiga lo vencieron. Quedó profundamente dormido.

Al poco rato se despertó sobresaltado. Cerca de él estaba, sentado, un hombre maduro de rostro sereno y ojos grandes. Al ver que el muchacho se reanimaba, le dijo:

—No te asustes. Me detuve aquí al ver que estaba contigo el cayado de Zoz, el adivino turco. Lo conocí en Damasco hace años. Un hombre extraordinario. ¿Dónde está ahora el ciego sabio?

Hasib desconfiaba. Aunque el aspecto del desconocido no lo daba a entender, podía ser un sicario de Al-Iksir. Mintió para desorientarlo:

—No sé de quién me estáis hablando. El cayado lo encontré tirado en un camino. Pero ya que conocéis a su dueño, os lo doy para que se lo devolváis.

El hombre tomó el báculo y lo examinó detenidamente.

—Es el suyo, no hay duda. Entre mil lo reconocería por el ojo con dos pupilas que tiene grabado.

—No me había fijado —añadió Hasib, evasivo.
—¿Por qué estás asustado?
—No lo estoy —mintió Hasib, sin poder ocultar la rigidez que lo envaraba.
Más preocupado, el desconocido preguntó:
—¿Ha sufrido Zoz algún daño?
—¿Quién era ese Zoz del que tanto habláis?
—¿Era, dices? —exclamó el hombre con alarma—. ¿Ha muerto y tú lo sabes?
—¿Cómo puedo yo saberlo si no sé de quién se trata?
El desconocido se propuso apaciguarlo:
—No debes temer nada de mí, muchacho. Soy Dalhabad, el poeta de Siria.
Al oír aquel nombre, Hasib creyó estar soñando. Zoz le había hablado algunas veces de Dalhabad, con grandes elogios. Decía que era el más grande de los poetas árabes vivos, el cantor inigualable de las ciudades soñadas e imaginarias. El adivino, en ocasiones, había recitado algunos de sus versos. Hasib los recordaba. Enseguida le vinieron a los labios:

—*Enciende mi mirada el luciente mármol*
que protege los restos de mi amada...

Al instante, el hombre prosiguió:

—*Y al jarrón de plata que sostiene*
fulgor de luz lo abraza en forma de aura.

—¿Conoces de memoria unos versos tan difíciles?

Me asombra. Pertenecen al canto que dediqué a Istis, mi esposa, muerta en plena juventud.

Hasib ya no dudaba. Por la forma en que había pronunciado las palabras, sacándolas del alma, aquel hombre no podía ser otro que Dalhabad. La resistencia del chico se venció. Ya no podía fingir más. Zoz le había dicho que los hombres también lloraban. Por sus ojos afloraron lágrimas.

Dalhabad respetó su breve llanto y luego le preguntó:

—¿Por qué tienes tú el cayado de Zoz?

Hasib le refirió lo acontecido en el campamento y en el alcázar de Al-Iksir. Después le habló de su larga huida. Dalhabad lo escuchó todo atentamente y al final concluyó con tristeza, evocando en su memoria al adivino:

—Podemos dar a Zoz por muerto. Le dedicaré un poema de homenaje. Hubiese debido hacerlo estando él con vida, pero con mayor motivo lo haré después de muerto.

El poeta permaneció unos momentos abstraído y luego preguntó:

—¿Te dijo cuál es el peligro que acecha a Iskandar?

—No. Sólo le oí murmurar, hablando solo, que el arquitecto estaba demasiado embrujado por su trabajo para darse cuenta y que, cuando lo adivinara, sería, quizá, demasiado tarde.

—A mí también me ocurre a veces, comprendo su situación; para él sólo tiene realidad el jardín que está forjando. Y por lo que me has dicho, aún le llevará mucho tiempo. Cuando esté próximo a acabarlo, iré a ese lugar. Creo que no le conviene quedarse allí hasta el final. Trataré de hablarle antes.

Tras una pausa reflexiva, de la que salió con distinto tono y expresión, Dalhabad anunció:

—Creo, muchacho, que nuestro encuentro no será baldío. Escucha lo que voy a proponerte.

Sin decir nada, Hasib abrió mucho los ojos, como si en ellos fueran a entrar las palabras del poeta de Damasco.

—Llevo ya demasiado tiempo viajando sin compañía. Tú fuiste elegido por Zoz para ser su lazarillo. Con motivo lo haría; algo percibió en ti que lo decidió a adoptarte. Me fío de su criterio. Oye bien: si no tienes adónde ir ni a nadie que te espere, puedes venir conmigo.

A Hasib le parecía imposible haber oído aquello. ¡Ser aceptado por Dalhabad, el cantor de Siria, el más famoso de los poetas árabes! Temía haber entendido mal la propuesta. Pero las siguientes palabras del poeta disiparon toda duda:

—Y si tienes aptitudes y afición, irás aprendiendo conmigo los recursos de la lírica. ¿Quién sabe si Zoz había previsto que encontraría en ti a un buen discípulo? Pero no especulemos con los hechos del mañana. Sólo se trata ahora de que digas si aceptas mi ofrecimiento.

—Lo acepto, claro, sí, gracias... —balbució Hasib pisándose las palabras.

—¿Tienes hambre?

—Sí.

—Aquí tienes dátiles, pan de higos, queso seco y el mendrugo de pan que me quedaba. Calma primero tu apetito, luego nos pondremos en marcha. Recorreremos Arabia y, más adelante, cuando llegue el momento preciso, iremos al Jardín Monumental. Sin duda lo encontrarás muy transformado, y también a Iskandar, que será protagonista de uno de mis cantos de Arabia.

# SEGUNDA PARTE

VII

Casi cuatro años pasaron con la sucesión de sus días y sus horas.

Iskandar, ebrio de ideas, había multiplicado su actividad hasta lo indecible. Estuvo presente en todos los frentes de los trabajos, y supervisó hasta el menor de los detalles.

Otros mil doscientos hombres se habían incorporado a las diversas líneas de avance de las obras. Algunos de ellos, llegados de lejanas tierras, desde la India hasta el Mediterráneo occidental, eran consumados maestros en alguna de las artes que se requerían. Llegaron, progresivamente, arquitectos ayudantes, jardineros ornamentales, floricultores persas, cuidadores de aves, forjadores de metales, criadores de peces raros, pintores de frescos, labradores de artesonados, mecánicos de autómatas, escultores, tapiceros y muchos otros especialistas.

Árboles gigantescos y arbustos aromáticos arraigaron en las tierras preparadas con perfectos drenajes. Aves de plumaje deslumbrante fueron aclimatadas en el recinto, así como pequeños pájaros, y salamandras y lagartos. Cientos de nuevas flores, algunas inauditas, se obtuvieron a través de la paciente labor de hábiles artífices que efectuaron miles de cruces.

En hornos instalados bajo tierra, los fundidores dieron forma a los metales con arreglo exacto a los dibujos del proyecto, mientras los joyeros tallaban las piedras preciosas, preparándolas para ser incrustadas o engastadas en columnas, bóvedas y arcos.

Los hidráulicos, bajo la muy directa supervisión de Iskandar, ajustaron las velocidades de los saltos de agua y la presión del líquido en los surtidores para que la gran sinfonía acuática se armonizara, a la vez que los pulidores de ónice, mármol y alabastro arrancaban destellos de las cisternas de albercas y estanques.

Las joyas arquitectónicas que iban a ser cada uno de los pabellones y templetes, cuyo número se había multiplicado en el proyecto hasta llegar a más de trescientos, fueron objeto de especiales esfuerzos y cuidados. Sobre sus cimientos de ladrillos, yeso, piedras y grava se construyeron subterráneos abovedados que eran como aljibes donde todos los sonidos se propagaban, encantando al oído. Más tarde se alzaron sus estructuras, todas distintas, con empleo de materiales nobilísimos y preciosos recubrimientos.

Por las noches, Iskandar soñaba y añadía nuevos prodigios y detalles. Entregado a su pasión, se le veía el más dichoso de los hombres. El encuentro con Zoz parecía yacer olvidado en lo más profundo de su memoria. El placer de ver crecer hora a hora todo lo que había imaginado lo colmaba como no hubiese podido colmarlo cosa alguna.

Al-Iksir gozó también intensamente durante aquellos años. Desde lo alto de su alcázar, siempre a distancia, veía el parque como un gran organismo vivo que crecía para darle gloria perpetua.

Sin pisar nunca el terreno transformado, estaba al corriente en todo instante de las menores minucias de la obra. Además de la vigilante presencia de Khaled, el intendente, contaba entre los alarifes y artesanos con no menos de cien espías a los que no podía pasar por alto cualquier desánimo o vacilación de Iskandar o toda otra anomalía que hubiese habido en la ejecución de su mandato.

El Emperador de Arabia, libre de toda preocupación, pensaba, a menudo:

«¡Cómo fluye a mi favor el Tiempo, deslizándose hacia el día en que tomaré posesión de la maravilla que estoy patrocinando! Mi nombre, por miles de años, quedará unido al recinto fabuloso y seré ensalzado como el inspirador de una antesala del paraíso en tierra de mortales».

* * *

Para Dalhabad y Hasib, aquellos años también fueron fructíferos. El poeta de Damasco, tras entrar en relación con muy diversas gentes de la península de Arabia, desde nómadas y beduinos hasta gobernadores y emires, vasallos de Al-Iksir, inmortalizó en versos sus costumbres, sus amores y sus sueños, y describió, con palabras que fluían a los ojos, las asombrosas ruinas de las antiquísimas ciudades y los ensueños y espejismos que los caminantes percibían en los desiertos. Se convirtió en el gran poeta de Arabia, como lo era ya de Siria.

Sin embargo, tanto él como Hasib, que se había ido iniciando en el arte de conmover con las palabras y dar cuerpo lírico a toda clase de encantos, tenían muy presente la cita aplazada. Por confidencias de caminantes habían sabido del esplendoroso avance de las obras. Consideraban cada vez más cercano el día en que podrían llegar al Jardín Monumental, casi acabado, para pedirle a Iskandar que se alejara del peligro.

* * *

Mas cuando ya las cúpulas de los pabellones relucían; cuando eran ya miles las aves que tenían su morada en el recinto; cuando cientos de flores nuevas, nunca vistas en otro lugar del mundo, abrían sus pétalos bajo el cielo de Arabia; cuando el agua ya cantaba en estanques y surtidores; cuando la belleza del recinto, casi culminada, embriagaba a sus mismos operarios, Iskandar desapareció misteriosamente.

VIII

La noticia le fue comunicada a Al-Iksir al comienzo de una mañana. Al instante, su rostro se demudó, mientras sujetaba algo invisible con las manos. Cuatrocientas patrullas montadas salieron inmediatamente con la orden de encontrar al arquitecto.

Iskandar había sido visto alejándose del campamento a medianoche. Pero los soldados que rodeaban el recinto, y las panteras negras que estaban con ellos, le dejaron paso franco.

Sabían que, de un tiempo a aquella parte, Iskandar había adquirido el hábito de caminar cada noche una hora por las proximidades del campamento para apaciguar su ánimo exaltado y prepararse para un sueño lleno de imágenes.

Cualquier otro, alarife, maestro de obras, artesano, criado, obrero o esclavo, habría sido interceptado sin miramientos y sometido a exhaustivos registros para comprobar si con su acción pretendía sacar del recinto piedras preciosas robadas. La vigilancia se había extremado en los últimos días.

Pero Iskandar estaba por encima de todas las sospechas. Nadie podía pensar que cometiese la simpleza de sustraer unas pocas gemas, por valiosas que fuesen, cuando tan cerca estaba el día en que, según lo anunciado, el Emperador iba a colmarlo de riquezas. Los soldados se inclinaron, saludándole, y las panteras respetaron al que habían aprendido a ver pasar sin moverse del lugar en donde estaban.

Khaled, el intendente, cuando se convenció de que la desaparición del arquitecto era un hecho consumado, comprendió que su largo período de eficaz servicio iba a quedar reducido a polvo a ojos del Emperador. Su influyente posición se había resquebrajado y amenazaba con sepultarlo.

Confuso, turbado y lleno de temor, sometió el resultado de sus averiguaciones a un Al-Iksir que había envejecido varios años en pocos minutos:

—Mi Señor: no es posible encontrar explicación alguna para un hecho tan inesperado. Ni la menor palabra, ni el menor gesto o indicio podían hacer pensar lo que ha ocurrido. Yo lo vigilaba noche y día sin que él lo notara: era un fanático de su trabajo, ninguna otra cosa le importaba. No puedo creer que lo haya abandonado. No, al menos, por su propia voluntad.

—¿Alguien puede haberle forzado a hacerlo? —inquirió el Emperador, cuyo rostro parecía estar cubierto de cenizas.

—Imposible bajo el cielo, Señor de los Señores. Puedo daros fe de que no tuvo contacto alguno con extraños. Desde que ocurrió el incidente con el adivino ajusticiado, reforcé aún más las prevenciones. Ni un solo intruso hubiese podido entrar en el recinto.

—¿Olvidas sus paseos nocturnos fuera de los muros, guardián desprevenido?

—Nunca quedaba fuera del alcance de nuestras miradas, y estaba siempre tan solo como lo estará en la sepultura. Toda la zona cercana, en un amplio radio, es recorrida por las patrullas exteriores. Iskandar nunca tuvo la posibilidad de encontrar merodeadores o foráneos. Pero la noche pasada, la tierra pareció tragárselo y desapareció.

—A ti también se te tragará si el arquitecto no es encontrado; tenlo por cierto.

Tratando de evitar su perdición, Khaled, con la poca sangre fría que le quedaba, arguyó:

—Será encontrado, os lo aseguro: no puede estar muy lejos. Pero, entre tanto, la ausencia de lskandar puede ser subsanada.

—¡No, no puede serlo! —rugió Al-Iksir—. ¡Lo necesitaba aquí hasta el último día! ¡Él debía ser quien me entregara el Jardín Monumental una vez acabado!

—Yo quería decir, mi Señor y Guía, que las obras pueden continuar si Vos lo deseáis, aunque el arquitecto falte.

—¿Cómo pueden proseguir sin estar él al frente?

—Me comprometo solemnemente ante Vos a asumir la directa supervisión de los trabajos.

—¿Cómo puedes atreverte, perro, a reemplazar a un hombre de un talento tan extraordinario?

Midiendo sus palabras, como si una de ellas pudiera salvarle la vida, Khaled expuso:

—No pretendo reemplazarlo como creador, sino tan sólo asegurar la ejecución de lo que él dejó trazado. En las últimas semanas, Iskandar ultimó definitivamente el plan de decoración de los pabellones y los últimos ajustes hidráulicos. Tenemos los planos donde está todo indicado. Por lo demás, los alarifes, maestros de obras, capataces y jardineros conocen a la perfección su cometido hasta el final. El arquitecto dio todas las instrucciones necesarias, sin omitir ni una sola.

—¿Y eso no hacía presagiar que pensaba marcharse? ¿Cómo no lo sospechaste, ciego?

—No, Príncipe de los creyentes. Este fue desde el primer día su sistema de trabajo. Todos los capataces conocían siempre a la perfección lo que tenía que ser realizado en muchos días por delante. Él lo supervisaba todo, pero las instrucciones estaban siempre dadas de antemano. Nada tenía de extraño que siguiese actuando así tan cerca del fin de las obras. Insisto, mi Señor: su ausencia es inexplicable. Pero pronto reaparecerá y se aclarará lo sucedido. Nada en el mundo le haría renunciar a las riquezas que le prometisteis y que ya tiene ganadas casi por entero.

El Emperador de Arabia pareció meditar acerca de aquellas últimas palabras sin llegar a convencerse. Tras un silencio muy tenso y largo le comunicó a Khaled:

—Que las obras no se demoren ni un instante más. Si es verdad lo que me has dicho, tu vida estará a salvo mientras te ocupes de impulsarlas y de velar por el exacto cumplimiento de los últimos planes de Iskandar. El curso de los hechos decidirá finalmente tu destino.

—Oigo y obedezco. Así se hará —dijo Khaled, aprovechando aquel respiro para retirarse, mientras Al-Iksir quedaba sumido en profundas reflexiones.

* * *

Al día siguiente, el Emperador supo que, gracias al ritmo impuesto por Khaled, ya se habían recuperado las horas perdidas a causa del desconcierto causado por la desaparición de Iskandar.

Pero la noticia apenas calmó su profunda desazón. La marcha del arquitecto, que seguía sin ser encontrado, comprometía de modo muy grave el cumplimiento de sus más secretos designios.

Aquella misma noche, Al-Iksir tuvo un sueño inquietante. Vio el Jardín Monumental, ya inaugurado, al completo de sus elementos. Pero al mirar con más fijeza para deleitarse con sus hermosuras, vio lleno de horror que había sido devastado por una misteriosa decadencia. Las aguas no corrían ni se elevaban al cielo: estaban pútridas y estancadas, con peces muertos y hojarasca flotando en su superficie. Los estanques, agrietados, perdían poco a poco las aguas corrompidas, que encharcaban el suelo, impregnándolo con un hedor insoportable. Las prodigiosas flores estaban marchitas y pisoteadas, y los árboles agonizaban. Ni un solo canto de ave se oía en todo el recinto: los pájaros, en gran número, yacían sobre la hojarasca, sin vida, con las plumas manchadas de barro; y las enormes pajareras no contenían más que aves muertas. Las cúpulas de los pabellones y templetes se habían desplomado, creando en su interior una profusión de escombros. Las piedras preciosas ornamentales habían sido robadas: en su lugar aparecían vidrios toscamente coloreados. El cielo, oscuro y plomizo, contribuía a la enorme desolación del parque. El Jardín Monumental se había convertido en un lugar infausto que oprimía el corazón del Emperador de Arabia.

Al-Iksir despertó entre sudores, con las sienes ardiendo.

Luchó por desvanecer la angustiosa visión y, con esfuerzo, pudo sobreponerse. Entonces se dijo:

—No es ésta la amenaza que me acecha si el arquitecto no regresa. Por miles de años los cuidadores mantendrán el esplendor del parque hasta el fin de los tiempos. Pero Iskandar ha dado un golpe de muerte a mis deseos. Si el golpe se consuma, ¡maldita sea mil veces su alma ingrata y malditos sean los que ayuden a escapar al fugitivo!

IX

Dalhabad, que en el tiempo transcurrido había alcanzado tal fama en toda la península que todos lo llamaban el Cantor de Arabia, conoció la noticia de la desaparición de Iskandar cuarenta días después de producirse.

Se la comunicó Hasib, que la había recogido de labios de un porteador que retornaba del Jardín Monumental después de haber entregado allí semillas del Irak. El Emperador había procurado mantener lo más secretamente posible la ausencia del arquitecto, pero los proveedores que acudían a la obra acababan por enterarse. Al confidente de Hasib se lo había dicho un maestro jardinero, tras hacerle prometer inútilmente que no divulgaría el secreto.

—Desapareció una noche sin dejar rastro —le explicó Hasib a Dalhabad—, y nada se ha vuelto a saber de él, aunque Al-Iksir lo hizo buscar por todas partes. Las obras prosiguen, lo dejó todo previsto, pero nadie comprende por qué no esperó a cobrar la recompensa.

—Nosotros sí podemos comprenderlo, Hasib.

—El aviso de Zoz surtió al fin efecto.

—O comprendió por sí mismo que un gran peligro se cernía sobre él.

—O ambas cosas a la vez.

—Acaso decidió salvar algo más precioso que todas las riquezas prometidas: su vida, que seguramente vio amenazada. ¿Y, a pesar de todo, los trabajos han continuado?

—Dejó planos e instrucciones con todo lo preciso.

—Su inteligencia ha sido doble: salvarse a sí mismo y salvar la terminación de su obra. ¡Pongámonos en marcha, Hasib!

—¿En dirección a dónde? —preguntó el muchacho, sorprendido por su súbito entusiasmo.

—No lo sé aún, pero tenemos que movernos. Si Iskandar se oculta en algún lugar de Arabia, nosotros, en secreto, lo encontraremos. Si ha huido a tierras más lejanas, también daremos con él, aunque nos lleve más tiempo. Ya puedo imaginar el momento que viviremos...

—¿El de nuestro encuentro secreto?

—No, el que vendrá más tarde: los tres, disfrazados, de incógnito, sin ser reconocidos, entrando en el

Jardín Monumental como visitantes anónimos. Iskandar, su creador, el mejor guía entre todos los posibles, mostrándonos cada una de sus delicias. Ya lo estoy viendo, como si fuese ahora.

—Será maravilloso, yo también lo veo.

—Después de la visita podré componer el gran canto de homenaje a las bellezas del Jardín y al genio de su artífice. La esperanza no me abandonará hasta que viva ese día sin igual. ¡En marcha, Hasib! Iskandar nos espera en algún lugar sin él saberlo. El buen Azar guiará nuestros pasos hasta que lleguemos a su encuentro.

Como viajeros avezados, al momento se pusieron en ruta a lomos de sus camellos, que eran tres: los dos que montaban y un tercero que llevaba, en grandes bolsas de cuero, los cientos de pliegos en los que habían escrito sus poemas de Arabia. El báculo de Zoz, del que Hasib nunca había querido separarse, compartía con ellos el camino.

* * *

Pero los hechos iban a desarrollarse de manera bien distinta a como Dalhabad había imaginado.

En aquel mismo día, sin que ellos pudieran aún saberlo, Iskandar, regresando del misterio, solo y sereno, se acercaba caminando al lugar que había abandonado cuarenta días antes: su Jardín Monumental.

Los guardias del exterior primero, al verlo acercarse, y luego los miles de obreros y artesanos, cuando apareció en lo alto de las murallas, quedaron paralizados al darse cuenta de que había regresado.

—¡Iskandar está aquí, ha vuelto! —fue el clamor que salió de sus gargantas.

El arquitecto resplandecía entre las almenas de mármol. Los soldados de la guardia le habían entregado una túnica blanca para sustituir sus andrajos. La brisa de la tarde agitaba suavemente sus cabellos largos. Su mirada se perdió un cierto tiempo. Miraba el recinto como si viera en él su propia vida.

Después, con un amplio movimiento de los brazos, saludó a los hombres que lo observaban desde todos los confines del parque.

Pero muy pocos pudieron ver que su gesto iba acompañado por una sonrisa triste y enigmática, mientras el blanco de sus ojos reflejaba los fuegos que el ocaso encendía en el aire de la tarde.

X

Cuando Iskandar se prosternó ante el Emperador, Al-Iksir permaneció con el rostro inexpresivo, como si lo hubiese convertido en máscara. Sin decir palabra esperó a que el arquitecto se explicara.

A una señal del primer visir, Iskandar se incorporó. Su semblante estaba tranquilo, pero parecía encontrarse muy lejos de todo lo que le rodeaba. Con voz clara, como recitando un texto aprendido, expuso:

—Os ruego, gran Señor, que no consideréis mi larga ausencia un desacato. Un extravío angustioso se adueñó de mí y me vi perdido en plena noche. Nunca había trabajado con tanta intensidad, ni por tiempo tan prolongado, sin descanso, como lo he hecho en el Jardín Monumental. El cansancio acumulado cayó de pronto sobre mí, como un rayo demoledor, y dejé mi mente oscura y agotada. Caminé sin rumbo fijo hasta que, de madrugada, divisé el monte de Arfoz. Por sus innumerables cavernas he estado vagando todo este tiempo, alimentándome de raíces y reptiles, y luchando por recuperar mi cordura y mi memoria extraviada. Lo conseguí al fin, y así puedo estar ante Vos con plena claridad de ánimo.

Cuando todos los visires y dignatarios esperaban que el Emperador hiciera caer todo el peso de su cólera sobre Iskandar, tras haber oído sus extrañas explicaciones, Al-Iksir, como un protector sólo preocupado por la salud de su artista predilecto, le preguntó:

—¿Te encuentras de verdad recuperado? ¿Puedo volver a confiar en ti como antes?

—Como si éste fuese el primer día.

Los cortesanos vieron que los dos personajes actuaban según un plan preconcebido, como actores de dos dramas distintos que se encontraran en un escenario neutral, fingiendo entenderse, pero sin renunciar a sus ocultos planes y motivos.

—Entonces, en esta hora voy a darte a conocer lo que deseo que erijas en el centro del parque. Pero tendrás que demostrar tu buena forma llevándolo a cabo de manera muy rápida. No quiero que la apertura del

Jardín se demore ni un día por esta causa: recupera el tiempo perdido.

Con voz tan firme que parecía contagiada de arrogancia, Iskandar aseguró:

—La apertura no se demorará. Hay ya muchos hombres que han concluido sus trabajos, y materiales reservados en cantidad adecuada. Serán dedicados a esa obra final. Todo terminará en el mismo día.

—Espero que así sea. Levantarás en el centro del parque un pabellón de honor de singular magnificencia. Será mi retiro ocasional cuando quiera disfrutar de soledad completa, y también la residencia de los grandes de la Tierra que vengan a visitarme. Ha de ser máxima su belleza, tanto la exterior como la interna, dotada de todas las comodidades.

Tendrás acceso a la cámara del tesoro para que elijas las gemas y joyas que mejor puedan adornar ese pabellón central, el más grande de todos.

—Señor, tendréis un edificio que parecerá girar con la luz del sol. En su interior será posible experimentar la felicidad completa.

—Si lo logras, olvidaré tus días de ausencia, proclamaré que eres el mayor de los artífices vivientes y, finalmente, te coronaré con una recompensa que alcanzará a tu vida entera.

Iskandar se retiró y, en lugar de dirigirse a su tienda del campamento, volvió a ocupar por una noche, la última, las estancias de palacio en que permaneciera los primeros días. Habían continuado reservadas para él desde entonces.

Antes de amanecer ya había concebido, en parte despierto y en parte en sueños, el pabellón central. La prodigiosa rapidez de su trabajo no disminuyó la perfección inaudita de aquella residencia para reyes. Parecía cierto que los cuarenta días de ausencia lo habían devuelto con la mejor disposición de ánimo para seguir creando.

A primera hora de la mañana, acompañado por Khaled y una férrea guardia, eligió en la cámara del tesoro los jacintos, perlas, topacios, esmeraldas, rubíes, diamantes, ágatas, ópalos y amatistas que estimó necesarios, así como gran cantidad de riquísimos damasquinados y lingotes de oro y plata que se fundirían para darles las formas deseadas.

Enseguida, Iskandar hizo excavar el centro del parque, hasta el lecho de piedra, para que las rocas, directamente, sustentaran el nuevo pabellón. Sobre ellas construyó un aljibe enorme, lugar de inauditas resonancias, que más tarde pensaba recubrir con mármoles labrados de arabescos.

Los que trabajaban codo a codo con él, y lo veían hora a hora, notaron pronto que, aun siendo el mismo, estaba muy cambiado. Su entrega al trabajo era total, su energía la acostumbrada, su inspiración fluyente y rápida, como siempre, pero también percibieron que estaba poseído por una obstinación misteriosa y desesperada.

Sólo dedicaba unos momentos al día a revisar el postrer avance del resto de los trabajos. Por lo demás, se consagraba enteramente al palacete que levantaba a marchas forzadas, aunque sin la vital alegría que antes lo caracterizaba. Su aire era sombrío, y sus noches, antes silenciosas, transcurrían agitadas. A través de la jaima, escuchas y soldados podían oír su voz hablando en sueños.

Nunca pudieron comprender lo que decía, pero tenían la certeza de que su alma estaba atormentada por oscuros sufrimientos.

* * *

Cuando les llegaron los rumores del regreso de Iskandar, Dalhabad y Hasib estaban lejos del Jardín Monumental, buscándolo. Interrumpieron sus investigaciones como si un frío viento del norte hubiese borrado los caminos.

—¿Por qué lo habrá hecho, por qué ha vuelto al lugar donde le espera la desgracia? —se preguntaba Hasib, desconcertado.

—No podemos saber a qué equilibrio habrán llegado su razón y sus impulsos. Acaso haya decidido afrontar su destino para vencerlo, aunque tenga pocas posibilidades de éxito. Deseemos que no tenga que lamentar su regreso.

—¿Qué haremos ahora, Dalhabad?

—No abandonaremos nuestra idea, pero la estrategia será distinta. Nos iremos acercando al Jardín Monumental y entraremos en acción en el momento oportuno. De un modo u otro, cantaremos la gloria del arquitecto apátrida y su destino incierto.

XI

Cuando se cumplían cuatro años y cien días de la muerte de Zoz, Khaled se presentó ante el Emperador para comunicarle oficialmente que el Jardín Monumental estaba enteramente concluido. Al-Iksir dispuso al momento lo siguiente:

—Mañana, una hora después del amanecer, llegaré al recinto amurallado. Iskandar me esperará junto a la entrada. Los dos solos, yo y el arquitecto, recorreremos el recinto. Conviene, pues, que, sin humillarlo, te asegures de que no va armado. Hay que tomar esa precaución aunque parezca innecesaria: estuvo trastornado y podría volver a estarlo.

—Oigo y obedezco.

La luz zodiacal ya hacía presagiar el amanecer del nuevo día. Los soldados, instalados en las murallas circundantes, ocupaban garitas y minaretes de vigilancia. Las sombras de la noche empezaban a retirarse y el inmenso Jardín desprendía los primeros cantos de sus aves y los efluvios aromáticos de temprana hora.

Iskandar se hallaba ya ante la puerta, esperando. Por primera vez desde que llegara a Arabia, lucía ropajes de gala. Khaled había procurado que así fuera, para agradar al Emperador. Con gran astucia, él mismo había ayudado al arquitecto a vestirse, comprobando de este modo que no ocultaba ningún arma bajo las prendas. Después ya no se había separado de su lado. Cerca de ellos, cien hombres silenciosos también aguardaban.

A la hora anunciada, Al-Iksir llegó con su séquito y su guardia, entre clamores de trompetas. Iskandar se adelantó a recibirlo, se inclinó escuetamente ante él y le dijo:

—Señor de los Señores: de entre todos los hombres que han participado en la construcción y decoración del gran recinto que venís a inaugurar, he elegido a los cien mejores, que aquí están, cubriendo todo el arco de oficios y artes. Ellos cuidarán del mantenimiento y conservación del parque, para que su estado y frondosidad sean siempre los óptimos, en todos los aspectos. Ellos enseñarán sus artes a sus hijos, y éstos a los suyos, y así de generación en generación estará asegurada la pericia de los cuidadores. De este modo, el esplendor del Jardín Monumental perdurará hasta el fin de los tiempos.

—Queda encomendada a esos hombres la misión. Apruebo complacido tus últimas previsiones, tan oportunas como las anteriores.

Continuó Iskandar:

—En este recinto de naturaleza y arte, aunque no es un laberinto, pueden efectuarse trescientos sesenta y cinco itinerarios distintos, tantos como días tiene el año. En este plano están todos indicados.

El primer visir tomó el pliego mientras el arquitecto proseguía:

—Para Vos, en este día, he elegido el más privilegiado, aquel que permite apreciar un mayor número de bellezas en una jornada y llegar ante cada una de ellas en el momento en que la luz les es más favorable y son más visibles los contrastes. Si me dais vuestro consentimiento, os guiaré por ese itinerario.

—Vayamos sin demora —ordenó Al-Iksir.

Iskandar se hizo a un lado para cederle preferencia de paso, aunque la amplitud de la entrada no lo hacía necesario. Después entró tras él. Todos los demás, visires, gobernadores, notables, dignatarios, cuidadores, soldados y el propio Khaled quedaron fuera, esperando.

Tras pasar bajo un extenso palio de vegetación que ocultaba el cielo, y en el que despuntaban yemas incontables, los dos visitantes llegaron al Pabellón de las plantas colgantes. La profusión de las variedades en cascada era tan grande que la estructura del edificio, de madera de teca, resultaba invisible bajo el esplendor de los largos tallos suspendidos.

Al-Iksir manifestó su aprobación al prodigio.

Llegaron luego a un estanque cubierto de nenúfares rojos, azules y amarillos, cuya cisterna de ónice, con amatistas incrustadas, tenía la forma de la península de Arabia. El Emperador se conmovió al darse cuenta.

Arribaron después, atravesando zonas umbrías e iluminadas donde la variedad de plantas y árboles era admirable y abundaban los macizos de arrayán, al Pabellón del Árbol Mágico.

Era un pequeño edificio decorado con imágenes botánicas en vivísimos colores. Al pasar al interior, los ojos de Al-Iksir quedaron deslumbrados al contemplar un prodigio de rutilante orfebrería. Había allí un árbol de oro, cargado a rebosar de piedras preciosas talladas como frutos. Las blancas eran perlas gigantes; las azules, turquesas veteadas; las violetas, amatistas; las rojas, rubíes y jacintos; las amarillas, zafiros; las verdes, esmeraldas; las bermejas, granates; las rosas, berilos; y las incoloras, con luz comparable a la del sol, diamantes.

Iskandar accionó entonces un mecanismo, oculto en la base del árbol, y de sus ramas brotaron pájaros mecánicos de plata que llenaron con la resonancia de sus cantos el pabellón entero.

El Emperador de Arabia tenía las pupilas dilatadas y sus labios entreabiertos eran clara expresión del asombro que sentía.

A continuación pasaron entre parterres de narcisos para dirigirse al Pabellón de los Astros. En su interior, sobre columnas de pórfido, jaspe y ágata, se alzaban arcos como lunas crecientes que sostenían una bóveda azul ultramar. En ella figuraban, entre simbolismos astrales color plata, los planetas en sus casas zodiacales, y en el centro, la exacta reproducción del firmamento estrellado de Arabia en la noche en que Al-Iksir había nacido. Éste exclamó, maravillado:

—Ningún ser viviente había visto el cielo de su cuna inmortalizado de una manera tan esplendorosa.

Atravesaron después una zona de árboles sabiamente dispuestos donde, en armónica combinación de formas y tamaños, había sauces, cedros, tilos, araucarias, olmos, zumaques, eucaliptos y álamos. En aquel espacio, grandes pajareras de marfil albergaban cientos de especies migratorias. En libertad pasaban junto a ellos faisanes, pavos reales, gallinas de Abisinia y aves del paraíso.

Sobre todo aquel sector, por debajo del nivel de las torretas, se extendía una gran red de hilo de oro que caía en cascada en sus extremos. Estaba destinada a impedir que los pájaros sueltos, de los que había miles, se alejaran volando y, a la vez, los protegía de las rapaces exteriores.

En su andadura llegaron a una gran alberca de estaño pulido como plata cegadora. Sobre ella pasaba un puente de madera de teca labrada, con incrustaciones de sándalo, marfil y ébano, desde el que se podía admirar, a través de la cristalina transparencia de las aguas, el relumbrar metálico y policromo de los peces, los preciosos dibujos de sus escamas y los mosaicos bizantinos que brillaban en el fondo.

Su camino los llevó después a una zona floral donde estallaban; en profusión de primaveras, por todas partes, rosas, alhelíes, amarantos, violetas, lirios blancos, pensamientos, begonias, crisantemos y gladiolos, además de muchas otras especies que no tenían aún nombre porque habían sido obtenidas allí por vez primera. El aire esparcía las fragancias y lograba mezclas de perfumes que encantaban el olfato. Dijo el Emperador, con los ojos cerrados:

—Mi cuerpo, llevado por los aromas, casi vuela.

A poca distancia, el luciente mármol blanco del Pabellón de los Autómatas atraía la mirada. En él había diversas figuras que Iskandar puso en movimiento. Un guerrero a caballo, cubierto con un yelmo dorado, alzó una espada india damasquinada y, a la vez, giraron sobre sí mismos jinete y caballo, en sentido inverso, creando un sobrecogedor efecto. Un toro de oro rojo elevó su impresionante testuz, lanzando una cornada al aire, mientras que de su lomo brotaban manos humanas de bronce, en misterioso contraste. Un avestruz mecánico, adornado con plumas de faisán, recogió una moneda de oro de la mano del Emperador, tragándosela a continuación. Un águila chapada en plata atravesó volando la estancia, de lado a lado, guiada por los jacintos amarillos que eran sus ojos incrustados.

Avanzaron después entre doscientos arbustos portentosos, cuyas flores tenían el color del fuego. Al-Iksir no los reconoció porque no los había visto nunca antes.

Les salió al paso un gran estanque de ónice blanco, con vetas negras y rojas serpenteantes, en cuyo perímetro había figuras de animales de ámbar negro que arrojaban agua por sus bocas: leones, gacelas, águilas y panteras. El Emperador escuchó la canción del agua y dijo:

—Que el cielo me confunda si esto no es la antesala del paraíso.

Por entre áloes de Sumatra llegaron a una zona muy surtida de agua donde los helechos mostraban sus variadísimos encajes entre templetes de cristal de roca y mármol rojo. El Emperador, cada vez más extasiado, reconoció:

—Por tu talento, Iskandar, este lugar del Jardín parece haber sido bordado por el rocío.

Poco después avistaron el Pabellón del Mercurio.

Sobre una base de mármol amarillo se alzaba un palacete revestido de alabastro, con dos grandes esferas de malaquita a ambos lados de la entrada. Cuando estuvo dentro, Al-Iksir vio un estanque lleno de mercurio. La luz incidía en su superficie desde las múltiples lucernas de que estaba dotado el edificio. El lago de metal líquido reflejaba la claridad en todas direcciones, haciendo que todo brillase con una intensidad que deslumbraba.

Cuando el egregio visitante aún no se había recobrado del asombro que causaba aquella visión, Iskandar removió el mercurio con una larga vara de plata que estaba allí dispuesta. Al instante, el prodigio de las reflexiones se centuplicó. Relámpagos de luz atravesaron el salón llenando todo el aire. La bóveda parecía girar entre destellos, impulsada por la luz cegadora. El salón entero parecía volar mientras el mercurio se movía.

—¡Ya ansío gozar de las visiones que aquí se disfrutarán ciertas noches cuando la enigmática luz de la luna se alíe con el mercurio, luz misteriosa también, pero destilada por la Tierra! —exclamó Al-Iksir, mientras el arquitecto permanecía en silencio y con el semblante inexpresivo.

Contemplaron después surtidores de coralina y jade con figuras de animales míticos, como esfinges y centauros. El agua, volando a gran altura, creaba arcos iris con la ayuda de la luz que refractaba. El Emperador, con los sentidos exaltados, murmuró:

—Aquí el aire es agua; el agua, luz; y la luz, ensalmo.

Las lágrimas de bienestar que derramaba se agregaban a la humedad que su cara recogía del ambiente. Los ojos de Iskandar, por el contrario, estaban secos y fríos, y sus labios contraídos en una mueca amarga.

El siguiente objetivo, al que llegaron por una avenida de columnas de calcedonia, cubiertas de plantas trepadoras y coronadas por estalagmitas de cuarzo africano, fue el Pabellón del Agua.

Tenía poca altura y amplia base, y estaba revestido de ámbar rubio que lucía como oro puro. Su cubierta la formaban claraboyas de cristal. En cuanto entró, el Emperador se detuvo, creyendo que el agua corría por el suelo ornado con piedras preciosas. Pensó que, si daba un paso más, resbalaría. Instintivamente alzó los bajos de su túnica para evitar que se mojaran. Junto a él, Iskandar no hizo movimiento alguno. Esperaba a que Al-Iksir descubriera por sí mismo la naturaleza del prodigio. Al Señor de Arabia le llevó un tiempo darse cuenta de la verdad. Cuando lo hizo, proclamó:

—¡Iskandar: eres un mago que juega con los sentidos con pasmosa habilidad!

El pavimento de mármol había sido pulimentado de manera tan perfecta que daba la sensación de que el agua le corría por encima, aunque no había ni una gota en todo el pabellón. Las gemas incrustadas en las losas parecían ser vistas a través de aguas deslizantes que fluyeran sin cesar hasta perderse en ocultos sumideros.

Continuaron, incansables, durante horas visitando pabellones, desde los que albergaban prodigios visuales, acústicos o aromáticos, hasta los destinados a proteger flores y plantas delicadas, animales raros de la fauna mundial o bellísimas estatuas con pedestales llenos de inscripciones líricas. Contemplaron cascadas que caían en cisternas de coral y arroyuelos y canales que sonaban como címbalos. Oyeron los rugidos de leones de alabastro, con ojos bermejos como el sándalo: el aire, al pasar por sus fauces, producía los sonidos. Admiraron el quieto mar de cúpulas y terrazas salpicadas de pedrería. Y aspiraron oleadas de fragancias que le hicieron exclamar al Emperador, en el momento en que una lluvia breve e inesperada intensificó los perfumes del aire:

—Aquí la tierra es almizcle; el aire, ámbar; las nubes, incienso; y la lluvia, agua de rosas blancas. Hasta el aliento parece exhalar aromas delicados de alcanfor.

Se detuvieron bajo cúpulas en las que el menor sonido producía ecos gratos como arrullos. Caminaron junto a acequias donde el agua parecía imitar con sus murmullos el zurear de las palomas. Visitaron palafitos sobre albercas. Se cansaron con el cansancio del éxtasis.

Cuando ya la tarde empezaba a declinar, surgió ante sus miradas la imponente figura del Pabellón Central. En su fachada se daban cita todos los colores de mármoles, alabastros y ónices, en inverosímil armonía. Su belleza era tanta que los ojos casi dolían al mirarlo.

Tras permanecer unos minutos entregado a su contemplación, el Emperador de Arabia dijo:

—Proclamaré que Iskandar ha logrado la maravilla más grande de los tiempos. Lo visto me es bastante para afirmar que eres el digno sucesor que Salomón, el arquitecto divino, ha encontrado después de los siglos. El Jardín Monumental es una prolongación del paraíso.

El arquitecto, iluminado por los oblicuos rayos del sol crepuscular, se inclinó levemente y, hablando por vez primera desde la mañana, murmuró una fría fórmula de gratitud. En su rostro podía leerse la certeza de un infortunio próximo.

Las flores del asfódelo, como ojos dotados de pétalos, parecían mirar a los dos hombres que estaban solos, frente a frente, en aquella hora decisiva.

Al-Ilksir, sin mirar al arquitecto, dijo:

—Lo que te prometí, la fastuosa recompensa que alcanzará a tu vida entera, te pertenece ya, es tuya, del modo más legítimo. Muy pronto empezarás a disfrutarla por todos los años que vivas.

Una súbita ráfaga de aire llevó los cabellos de Iskandar a su rostro. Se los apartaba con la mano, cuando el Emperador le dijo:

—Sobre la mesa de jaspe sanguíneo y lapislázuli que tú creaste para el vestíbulo de este Pabellón Central, he hecho situar una copa de honor en previsión de este momento. Es única en el mundo, tallada en un solo rubí de gran tamaño. En ella te espera el supremo néctar que en mi imperio está reservado a los más grandes en sus momentos de gloria. Entremos, pues, a cumplir con el ceremonial y brinda por tu talento y tu fortuna.

Ambos entraron en silencio. Iskandar tomó el rubí tallado en forma de copa. Al-Iksir se detuvo a cierta distancia, sin mirarlo. Había enmudecido la algarabía de los pájaros.

El arquitecto, inundado de tristeza, alzó la copa, vio al trasluz el líquido que contenía, miró al Emperador, que estaba con la vista baja, y bebió de un trago tan rápido que el licor le abrasó la garganta sin dejarle ni notar el sabor que tenía.

Con ojos sorprendidos, Iskandar vio que Al-Iksir, con un gesto también muy rápido, extraía un puñal oculto bajo sus brocados y se lo clavaba él mismo en el costado izquierdo, gritando:

—¡Ya lo ves, Iskandar: por ti derrama su sangre el Emperador de Arabia! ¡Ningún otro hombre recibirá jamás un honor tan alto!

El arquitecto aún pudo ver el rojo de la sangre de Al-Iksir empapando sus vestiduras, mientras el herido se contraía a causa del dolor. Después, todo el Pabellón empezó a dar vueltas en torno a Iskandar, mientras las piernas le temblaban. A los pocos momentos notó en las mejillas la frialdad del pavimento. Se había desplomado.

Enseguida, una nube negra que sólo él veía lo envolvió. Su cuerpo quedó inerte. Ya sólo pudo oír los vacilantes pasos del Emperador saliendo del Pabellón Central, cada vez más lejanos. Su mente se quedó pronto sin percepción, sin Tiempo, sin espacio.

Iskandar había entrado en la Nada de los narcotizados. Por primera vez en muchos años dormiría sin soñar sublimes formas. Privado de imágenes, entró en su noche más larga.

XII

Cuando Iskandar volvió en sí, el sol de una nueva jornada ya avanzaba hacia el cenit del mediodía.

Enseguida se dio cuenta de que en el Pabellón se habían producido cambios importantes. La puerta, antes abierta y franqueable, estaba tapiada con ladrillos de oro rojo, así como las ventanas. Sólo algunas aberturas dejaban pasar la luz, los sonidos, el aire y la mirada, pero en modo alguno un cuerpo humano.

Iskandar, aún aturdido y confuso, se acercó a la puerta condenada y miró por una de las pequeñas aberturas que habían sido dejadas. Vio fuera al Emperador, solo, esperando. En su costado izquierdo llevaba un aparatoso vendaje. Al darse cuenta de que el arquitecto se había recobrado, se acercó lentamente al edificio y le dijo:

—Me has servido con eficacia memorable, nunca lo negaré. Te prometí una recompensa que alcanzaría a tu vida entera: voy a cumplir mi palabra. Este Pabellón que creaste para reyes y príncipes será tu morada para siempre. De sus cuantiosas riquezas, de valor incalculable, serás, mientras vivas, el absoluto y único usuario. Los más sabrosos y exóticos manjares te serán servidos varias veces al día, y los vinos y licores más aromáticos regarán tu garganta en todo momento que lo desees. En las estancias superiores encontrarás un lujoso vestuario, abundante en sedas y brocados, cortado a tu medida, para todas las circunstancias del día. Y para calmar tu soledad, cada noche será descendida, por una trampilla que he hecho abrir en una de las terrazas, una mujer joven y hermosa para que con ella puedas intercambiar caricias y amor hasta el alba, momento en que te será retirada. Ningún hombre sin linaje ha recibido antes que tú, estimado Iskandar, tan fastuoso y duradero homenaje, ni habrá disfrutado de tantas riquezas y comodidades. Puedes sentirte afortunado. Pero nunca saldrás de aquí. No te atormentes con la falsa esperanza de una huida que será imposible. Acepta tu destino privilegiado y goza de él cuanto puedas. Aunque creas lo contrario, yo deseo tu felicidad.

Concluida la comunicación de la sentencia, Iskandar preguntó, sin evidenciar emoción alguna:

—¿Por qué a cambio de lujos y placeres me privas de lo más precioso que tengo: la libertad?

El Emperador repuso:

—Si te dejara marchar, no pasaría mucho tiempo antes de que crearas para otro de los grandes soberanos de la Tierra un recinto aún más prodigioso que éste. Y yo quiero que el mío esté en lo más alto para siempre: para eso te lo encargué, ¿recuerdas? Podría haberte hecho matar para conseguir el mismo propósito. Pero mi palabra es sagrada: tenía que cumplir lo que te prometí. Ya lo he hecho. Es para mí un gran placer premiar tu inmenso talento con el bienestar que te concedo.

Los ojos del arquitecto eran glaciales cuando dijo:

—¿Y esperas que tu nombre sea ensalzado y reverenciado por esto? Cuando se sepa que tienes preso en una mazmorra de pedrería al arquitecto que te sirvió, todos verán en ti a un soberano sin entrañas.

El Emperador hizo una mueca de desagrado, pero mantuvo la calma. Después, con voz cansada, como si le representara mucho esfuerzo aclarar algo tan obvio, explicó:

—Como en tus admirables proyectos, todo está previsto. A todos he dicho que tú, en un arrebato de locura, quisiste asesinarme con mi propia daga. Todos han visto la herida que yo mismo me causé para dar apariencia de verdad a la mentira. Por fortuna, he dicho, logré golpearte y dejarte sin sentido antes de que pudieras asestarme una segunda estocada que hubiese sido definitiva. La ley castiga con la muerte un acto como el tuyo. Pero yo, gobernante magnánimo y agradecido, decidí conmutártela por una cadena perpetua atenuada con lujos y placeres. Mi corazón indulgente ha querido así perdonar la vida al creador de las maravillas del Jardín Monumental. Es inútil que trates de gritar lo contrario: nadie te oirá. Y, aunque alguien te oyese, no te creería. Se te conoce ya como «el arquitecto loco». Y de un loco, todo puede esperarse. No te sorprendas: no he hecho más que aprovechar la extraña explicación que diste a tu regreso. Tu mente se oscureció, dijiste. Pues bien: otra vez se ha oscurecido. Esta es la versión oficial de los hechos. Pero no permitas que te aflija: ¿a ti qué más te da, si de este modo tienes la vida resuelta? Disfruta de la paz en el centro del paraíso que creaste y recuerda siempre que el Emperador de Arabia te admira y te respeta.

Con aquellas palabras Al-Iksir dio por terminado el revelador encuentro y se alejó, mientras Iskandar desgarraba sus vestiduras de gala y dibujaba en sus labios una sonrisa indescifrable.

TERCERA PARTE

XIII

Ciento veinte días pasaron. En su magnificente encierro, Iskandar llevaba una existencia de mendigo.

De los manjares y bebidas que le eran servidos, sólo tomaba la porción indispensable para subsistir, y despreciaba siempre los platos mejores y más adornados y toda bebida que no fuese agua. No había ni tocado las regias vestiduras cortadas a su medida. Llevaba una túnica de saco, improvisada con una de las fundas del mobiliario. Ni una sola noche se había acostado en la gran cama de cedro del Líbano con incrustaciones de marfil, sobre la que colgaban sedas chinas desde un baldaquino ricamente trabajado. A pesar de haberla diseñado él mismo, como todo lo que el Pabellón contenía, dormía siempre en el mirador del aljibe, donde el silencio era absoluto y el frescor invariable.

Recibió algunas noches a las mujeres jóvenes que el Emperador le enviaba. Eran todas muy hermosas, con senos altos como lunas, vientres lisos y caderas onduladas. Pero al darse cuenta de que llegaban a él asustadas, por creerle loco, pronto se cansó de sus abrazos temblorosos. Además, no podía hablar con ellas: procedían de lejanos países y sus lenguas le eran desconocidas. Después de la séptima noche renunció a ser el causante del suplicio de aquellas desdichadas que se entregaban a él temerosas de perder la vida entre sus brazos.

Su única felicidad inmediata consistía en mirar el Jardín a través de las rendijas, aspirar los aromas que el aire le enviaba y contemplar el vuelo de las aves en el cielo a través de las bóvedas de finísimo alabastro contiguas a la cúpula central.

Por las noches, a veces, encendía lámparas de aceite y caminaba con ellas en la mano. Los soldados, desde las murallas, veían así, a través del alabastro, relámpagos de luz en los altos del Pabellón.

Los hombres dedicados a su custodia, que eran a la vez sus servidores, habían sido elegidos en función de su total sordera. Así, las únicas personas con las que tenía contacto, a través de las aberturas, no podían oír ninguna de sus palabras cuando las pronunciaba. La comunicación se establecía con gestos y se limitaba a lo más exiguo y perentorio. Esos hombres, por orden de Al-Iksir, se esforzaban en ofrecerle nuevas comodidades al arquitecto cautivo; pero Iskandar, invariablemente, las rechazaba todas.

* * *

Cuando los visires pidieron al Emperador que castigara la ingratitud del condenado, pues consideraban que su desprecio a los favores del soberano era una afrenta grave que añadir a su delito, Al-Iksir los acalló diciendo:

—Quiero dar ocasión a que su mente trastornada se apacigüe. El Tiempo asentará su ánimo y le ayudará a aceptar su destino inevitable. Entonces podrá gozar de las excelencias que se ponen a su alcance, como yo deseo. Nunca se dirá que el Emperador de Arabia no cumplió con su palabra.

—Pero, mi Señor —objetó Khaled, que seguía vinculado al Jardín Monumental en calidad de supervisor de los trabajos de mantenimiento—: el prisionero atrae aves silvestres al interior del Pabellón imitando sus gorjeos y cantos. Ya viven allí con él más de doscientos ejemplares. Están ensuciando las estancias y destrozando con picos y garras los tapices. Por no referirme a los lagartos y salamandras que alimenta con los desechos de sus propias comidas. El interior quedará arruinado en poco tiempo si no entramos a impedirlo.

Al-Iksir le respondió con crispación e impaciencia:

—Por mi voluntad, Iskandar es, mientras exista, el legítimo ocupante del Pabellón Central. Que viva allí como él quiera, aunque sea entre cuervos y reptiles. Nadie limitará su libertad dentro del edificio. Lo único que le está prohibido a perpetuidad es salir de él. Y no olvidemos que está enfermo: perdió la razón a causa del esfuerzo sobrehumano con que creó el Jardín Monumental. Seamos comprensivos con su estado y el Tiempo pondrá fin a sus extravagancias. Entonces, al fin, agradecerá estar vivo.

* * *

En el mismo momento en que el Emperador pronunciaba aquellas palabras, Dalhabad y Hasib, como anónimos caminantes, llegaban a la capital del Imperio de Arabia.

Conocían la falsa versión de lo ocurrido, difundida por los heraldos de Al-Iksir. No le concedían el menor crédito. Estaban seguros de que se trataba de una deformación monstruosa de los hechos.

Cuando avistó a lo lejos las murallas del Jardín Monumental, dijo Dalhabad:

—Ojalá no pase mucho tiempo sin que descubramos la verdad.

—Seremos los primeros en hablar con Iskandar.

—No resultará fácil acercarse a su encierro, Hasib. Está custodiado por los centinelas sordos. Incluso los visitantes más egregios tienen vedado acercarse al Pabellón Central.

—Pero habrá algún modo de burlar la vigilancia y darle a conocer quiénes somos y a qué hemos venido.

—Puede que lo haya, lo buscaremos. Aunque será muy difícil, no dejaremos de intentarlo por todos los medios. Ahora tratemos de encontrar posada, pues la noche se avecina.

Como desconocidos forasteros se adentraron en las atestadas callejas de los arrabales de la capital, entre encantadores de serpientes, vendedores de ungüentos y pomadas y voceadores de todas clases. Pero no dejaban de pensar en Iskandar, el solitario prisionero del que se sentían aliados.

XIV

A la mañana siguiente, ante la mezquita de solicitantes, Dalhabad y Hasib comprendieron que su propósito de introducirse en el Jardín Monumental como anónimos visitantes era irrealizable.

Docenas de miles de personas, llegadas de todos los confines, querían ver el mítico parque. Se agolpaban ruidosamente, pugnando por hacerse con un sitio en la larga cola de solicitantes. Pero eran sólo cien los admitidos diariamente, aparte los viajeros nobles y los invitados del Emperador y sus dignatarios. La esperanza de una admisión pronta era vana.

—No podemos consentir que el tiempo se nos vaya como agua entre las manos —dijo Dalhabad, entre la algarabía de los que llegaban sin cesar—. No nos queda más salida que renunciar a las ventajas del anonimato. Lo que no lograríamos como viajeros sin nombre, puede que lo consigamos dando a conocer nuestra identidad. Tal vez las puertas del Jardín se abran más deprisa para Dalhabad, el cantor de Siria y Arabia, y Hasib, su digno y joven acompañante. De nuestro prestigio tendremos que valernos: es la única arma que nos queda.

—Sí, no hay otra manera —convino Hasib—. Pero así estaremos mucho más vigilados. El Emperador procurará evitar por todos los medios que Dalhabad descubra la razón del suplicio de Iskandar y la propague por Oriente.

—Nuestra misión será mucho más arriesgada, es indudable. Pero, por Zoz e Iskandar, y por nuestra propia dignidad, tenemos que intentarlo. ¿Estás dispuesto, mi joven amigo, a correr el gran peligro, o prefieres que lo intente yo solo? Decide, te lo ruego, con entera libertad.

Hasib repuso inmediatamente:

—¡Con entera libertad: iré contigo, Dalhabad!

—Esta será nuestra mayor aventura, ya lo verás. Y la suerte estará de nuestra parte.

* * *

Cuando llegó a conocimiento del emperador Al-Iksir que Dalhabad, el de las preciosas palabras, cuya gran fama bien conocía, deseaba visitar oficialmente el parque amurallado, lo mandó llamar enseguida y reflexionó:

«Lo único que le faltaba al Jardín Monumental era que un gran poeta cantara sus alabanzas. De todos los hoy vivientes, Dalhabad es el más grande. Su visita no podía ser más oportuna. Sus versos elevarán el prestigio del parque a lo más alto a que puedan llevarlo las palabras».

Mientras atravesaban salones y estancias, se disiparon los primeros temores de Hasib y Dalhabad. Ninguno de los servidores que los vieron pasar, ni los soldados que los conducían, reconocieron en el esbelto joven que acompañaba al poeta al desharrapado lazarillo que años atrás había estado allí con Zoz.

En cuanto Al-Iksir los tuvo ante sí, le expuso claramente sus deseos a Dalhabad:

—En cada generación, el poeta más insigne expresará en versos inspirados e inmortales la admiración que le produzca el Jardín Monumental. Tú puedes ser el que inicie esta nueva rama de la épica y la lírica.

Con premeditada soberbia, Dalhabad repuso:

—Acepto el honor de unir mi fama a la del Jardín Monumental. Para consagrar su grandeza, usaré todo el poder de mis palabras.

—¿Quién es el joven que te acompaña? ¿Tu criado?

—Es Hasib, mi aventajado discípulo.

—¿Lo estás iniciando en el arte de la poesía?

—Así es. Su imaginación es amplia y está bien dotado para dibujar con las palabras. Tengo especial interés en que él también conozca el parque.

Levantándose y dando el acuerdo por sellado, Al-Iksir dijo:

—En ningún otro lugar podría ejercitarse mejor. El Jardín es un vivero de brillantes imágenes. Seguidme.

Aunque el Emperador no solía acompañar más que a visitantes de alto linaje, hizo una excepción con Dalhabad: quería asegurarse de que la primera impresión del Jardín Monumental lo dejaba rendido a sus encantos y maravillas.

Penetraron en el recinto, que fue antes despejado de visitantes plebeyos, como siempre que el Emperador entraba, acompañados por una discreta guardia de honor. La abrumadora belleza del parque sobrecogió a Dalhabad y a Hasib desde el primer momento, y su maravillado asombro no hizo sino crecer de hora en hora.

Cuando ya habían recorrido un buen número de los deslumbrantes lugares, el poeta vio llegado el momento de abordar lo que era su objetivo principal. Formuló primero la alabanza:

—Aunque un hombre viviera cien años, y cada día de su vida viniera al Jardín Monumental, nunca cesaría de encontrar aquí nuevos encantos que arrebatasen su alma y sus sentidos.

Y dijo luego, con afectada indiferencia, como si sólo le moviera una curiosidad pasajera:

—He oído, gran Señor, que el arquitecto que ideó estas maravillas enloqueció hasta el punto de atentar contra vuestra persona.

—Así fue, tristemente. El agotador esfuerzo que se impuso acabó por nublar su entendimiento.

—Pero Vos usasteis de vuestra clemencia omnisciente para perdonarle la vida, si es cierto lo que tengo entendido.

—Lo es. La clemencia también es expresión del poder del Imperio. Sólo los gobernantes débiles necesitan ser siempre implacables.

—Suscribo vuestra idea y creo que, a pesar de la grave vileza que cometió, merece ser recordado. Es posible que le dedique algunos versos en mi canto, si Vos no ordenáis lo contrario.

—No tengo nada que oponer. También en esto mi clemencia lo alcanza.

Dalhabad iba a entrar en lo más difícil del diálogo y lo sabía. Se armó de tacto y dijo, como si la idea le viniera a la cabeza en aquel momento:

—No sé si hablar con él me ayudaría a dar forma a esas líneas...

Al-Iksir torció el gesto y quedó en silencio. Tras reorganizar sus pensamientos, opuso:

—La ley prohíbe las visitas al condenado. Además, de nada serviría el diálogo. Su mente sigue extraviada, negándose a admitir lo que ocurrió. Seguro que el desdichado inventaría alguna fábula para presentarse como injustamente condenado, aunque aún me duele la herida que me causó.

—¿Qué podría inventar para atribuirle al Emperador de Arabia la injusticia de una condena sin causa justificada? ¿Por qué habríais de retenerlo aquí de no ser en cumplimiento de la pena conmutada?

—Tienes razón, Dalhabad. No hay motivo que pudiera ser imaginado. La entrevista en nada ayudaría a tu trabajo. Tu fértil inventiva bastará para construir los versos que quieras dedicarle. Además, lo que de verdad importa es su obra: está ante tus sentidos y lo estará tantos días como quieras.

Dalhabad se decidió entonces a emplear el mejor argumento que tenía en las manos para inquietar al Emperador e intentar convencerle de que le dejara hablar con Iskandar:

—Sólo hay un punto oscuro en la leyenda del arquitecto. Mi imaginación, por sí sola, no basta para aclararlo.

—¿Cuál es? —preguntó Al-Iksir, con súbito recelo.

—¿Qué estuvo haciendo durante los días de su ausencia?

—Tenemos que creer lo que él mismo dijo: anduvo errante, con la mente confusa, por las cavernas del monte de Arfoz. Fue el preludio a su locura.

—Precisamente, Señor. ¿Podemos creer que es verdad lo que contó? ¿Lo creísteis Vos?

—¿Y qué puede ya importar lo que hiciera el infortunado en aquellos días?

—Puede importar mucho si es la clave del misterio.

—¿De qué misterio hablas? —inquirió el Emperador, en guardia.

—Del misterio de su locura. El gran cansancio no me parece suficiente causa para un hombre de su talla. Algo ocurrió en aquellos días que la originó.

—¿Quieres decir, por tanto, que cuando se fue no estaba enfermo?

—Creo que su marcha en plena noche fue una acción fríamente calculada.

Hasib se dio cuenta de que Dalhabad, arriesgando mucho y con suma habilidad, estaba reavivando en el Emperador inquietudes ya olvidadas. Rápidamente Al-Iksir exigió:

—Dime todo lo que piensas.

—Os lo he dicho ya. Mis conjeturas acaban aquí. Lo demás, sólo el propio Iskandar podría explicarlo. Mientras no lo haga, su leyenda estará incompleta.

—¿Quién tiene interés en completarla?

Mirando a Al-Iksir de modo muy directo, Dalhabad dijo:

—A mi entender, el Emperador de Arabia.

Sin poder ocultar que mentía, el aludido respondió enseguida:

—Te equivocas. Me tiene sin cuidado.

—Pero el interés poético exige que esa parte de la historia sea aclarada. Así el canto que compondré para Vos será entero y verdadero, como merece la grandeza de vuestro Imperio.

Al-Iksir, acostumbrado a tratar con ventaja con embajadores de todo el mundo, estaba sorprendido por la astucia de Dalhabad, superior a la de todos los negociadores y cónsules que había conocido. Pero el poeta aún no había terminado:

—Si la memoria no me traiciona, Señor, vuestra sentencia de reclusión perpetua para Iskandar dice: «El ilustre prisionero nunca podrá abandonar su encierro, pero gozará de inmunidad y no podrá ser molestado, interrogado, ni sometido a tortura o vejación, en ningún caso».

—Recuerdas bien —concedió el Emperador, animando su semblante—. Y esta sentencia ni yo mismo puedo cambiarla, porque la promulgué como inmutable. En virtud de ella no puedo concederte autorización para interrogar a Iskandar. Petición denegada.

—Con todo respeto, Señor, opino lo contrario. Yo soy la única persona que puede hablar con él con posibilidad de éxito y sin vulnerar la sentencia.

—¿Por qué te consideras en posición tan privilegiada, Dalhabad?

—Mi entrada en el Pabellón no constituirá molestia, ni será interrogatorio, ni incluirá, por supuesto, tortura o vejación, porque actuaré en el supremo interés del condenado para aliviar su oscuridad y dar verdad y gloria a su leyenda. Y es muy posible que Iskandar, un artista, acepte colaborar con el arte de la lírica.

—Él no necesita gloria, sino paz. Su fama y su prestigio como arquitecto son ya los más altos, y no le bastan para recuperar la lucidez.

—Olvidáis, gran Señor, que él no será el único beneficiado si yo logro mi propósito: Vos sabréis por qué se fue aquella noche y dónde estuvo, y si es fingida o auténtica su locura.

—Ya he dicho que no tengo interés alguno en saber dónde estuvo —dijo Al-Iksir, irritado—. Quien me obliga a repetir dos veces los conceptos obtiene mi cólera y caen sobre él sus consecuencias. Olvida tu idea, Dalhabad, o de lo contrario...

—Me someto a vuestra soberana decisión, desde luego —dijo el poeta apresuradamente—. La palabra del Emperador es ley. Oigo y obedezco.

Aparentemente satisfecho con la renuncia de Dalhabad, Al-Iksir añadió, ya calmado:

—Por lo demás considérate mi invitado por todo el tiempo que desees. Impregna tu espíritu con las bellezas del Jardín para darles luego forma en tu canto. Esperaré el momento de escucharlo.

Dicho esto, el Emperador se retiró bruscamente seguido por la guardia, a excepción de dos soldados que quedaron como escoltas de honor del poeta y su discípulo.

Sin que los dos guardias imperiales pudieran oírles, ambos mantuvieron una breve conversación:

—Has jugado fuerte, Dalhabad. Tus palabras han sido muy audaces.

—Es necesario arriesgar si queremos hablar con el arquitecto prisionero.

—Por un momento pensé que nos encarcelaría.

—Yo lo temí también. Pero no creo que lo haga, aunque he sembrado en su alma los dientes de la duda. Esperemos que germinen y le muerdan hasta que no pueda resistir la incertidumbre. Entonces veremos.

XV

A lo largo de semanas, Dalhabad y Hasib pasaron los

días enteros en el Jardín Monumental, colmándose hasta lo más hondo con los innumerables sortilegios creados por Iskandar.

Por las noches ocupaban un aposento en un ala secundaria del alcázar-palacio, donde les era servida la cena, espléndida, por criados abisinios de austero porte y silenciosos movimientos.

Tantas veces como les fue posible se acercaron al Pabellón Central. Pero los soldados sordos, siempre atentos y con la mirada escrutadora, les impidieron acercarse a menos de sesenta metros del edificio. Nunca vieron a Iskandar a través de las aberturas de los ladrillos de oro. Sólo contemplaron, numerosas veces, cómo los soldados, con la ayuda de rieles, introducían bandejas de comida en el Pabellón. Más tarde, las bandejas reaparecían, casi intactas.

Las aves, en gran número, entraban y salían del edificio, formando una constante algarabía que sólo se apaciguaba al anochecer. Todo el palacete parecía una enorme pajarera, atendida por un oculto cuidador que nunca se mostraba. Sólo por las noches se tenían atisbos de su presencia: cuando las lámparas que él movía filtraban resplandores a través de las bóvedas de finísimo alabastro de la planta superior.

—¿Por qué no rompe esas cúpulas que parecen de cristal y se lanza al parque para escapar? —preguntó Hasib una noche, contemplando el Pabellón Central desde el aposento que ocupaban.

—Él sabe que no tendría posibilidad alguna —repuso Dalhabad, que también estaba mirando los resplandores—. Los soldados sordos que lo custodian vigilan noche y día. En la puerta exterior hay numerosos centinelas. Las murallas están erizadas de vigías. Todo acabaría en una persecución humillante y en poco tiempo sería capturado. Iskandar prefiere acogerse a la dignidad de la ira silenciosa. Así, lo injusto de su encierro se hace aún más clamoroso.

—Si supiera que estamos aquí —continuó Hasib, pensando en voz alta—, haría algo por comunicarse con nosotros. Pero, ¿cómo podemos hacérselo saber? También estamos vigilados.

—Ya encontraremos la manera, no desesperes. Lo importante es que Iskandar está cerca. La ocasión surgirá en cualquier momento.

—¿Y si, en realidad, él no está en el Pabellón Central? O está, pero muerto. ¿Y si el edificio fuese su secreta tumba y todo lo demás una ficción? Puede ser otra persona, un impostor al servicio de Al-Iksir, quien recoge las bandejas de comida y camina por las noches con las lámparas, para hacer creer que Iskandar vive. ¡Por eso, el Emperador se niega a que hablemos con él!

—También yo lo he pensado pero aún me resisto a creer en una farsa tan cínica. Al-Iksir tiene otros motivos, lo bastante poderosos, para negarse al encuentro. Teme que Iskandar nos revele la verdad de lo ocurrido el día de la inauguración. Sabe que nosotros no lo tomaremos por desvaríos de una mente extraviada. Pero también desea saber adónde fue el arquitecto la noche que desapareció y qué estuvo haciendo hasta su regreso. Entre ambos impulsos se debate, estoy seguro. La duda lo atormenta. Veremos cuánto aguanta.

* * *

Aquella misma noche, Iskandar se le apareció al Emperador en sueños. Al-Iksir sólo vio su rostro airado y lúcido, en el que los ojos relumbraban como ascuas de fuego. Sin hablar, le dijo, extrañamente eufórico:

—Tú bien sabes, Rey de reyes, que para un hombre como yo no hay más vida que la vida de su arte. La condena a que me has sometido es para mí mil veces peor que la muerte. Pero sólo has aprisionado mi cuerpo. Mi mente vuela libre para ejecutar su legítima venganza. Mi imaginación sigue creando palacios, fuentes, jardines colgantes, observatorios, frondosos parques, templos, prodigiosas ciudades, laberintos ornamentales... Por eso sigo aún vivo. Por eso he renunciado al privilegio de quitarme la vida para no seguir encerrado. Por eso sigo trabajando en esta mazmorra dorada; mi pensamiento vuela más allá de muros y fronteras. ¡Emperador, tiembla: la desolación te espera!

Al-Iksir se despertó lleno de desasosiego. La imagen del arquitecto se había desvanecido con el sueño, pero sus palabras inaudibles parecían aún flotar en el ambiente. El soberano, reflexionando en alta voz, luchó por tranquilizarse:

—¡Qué puede importarme que sigas imaginando en tu delirio jardines y palacios que nunca habrán de construirse! Por no tener, ni siquiera tienes a tu alcance una brizna de papel o un solo instrumento de dibujo para plasmarlos. Y aunque traces tus planos ilusorios sobre las losas del Pabellón con el afilado hueso de alguna ave, esas losas nunca saldrán de donde están. ¡No te atormentes más, arquitecto a quien secretamente estimo por la gloria que me has dado! Disfruta de la paz de tu retiro. Recupera la calma y el sosiego y olvida las quimeras. Apacigua tu alma y ayuda a que la mía se apacigüe. Para ambos el destino está sellado.

Cuando, más calmado, confiaba en conciliar un sueño tranquilo, le vinieron a la memoria, como afilada insidia, las palabras de Dalhabad cuando había dicho: «Creo que su marcha en plena noche fue una acción fríamente calculada». Este recuerdo y sus derivaciones lo mantuvieron insomne y angustiado hasta el alba. Cuando amaneció, su decisión estaba tomada. Dalhabad y Hasib fueron llamados ante él con urgencia. Al-Iksir, altivo, demacrado, le dijo al poeta:

—He decidido concederte el favor especial que me pedías. Dispondrás de un breve tiempo para hablar con el arquitecto, pero bajo una condición inapelable.

—De antemano la acepto —repuso Dalhabad con gran firmeza—. ¿Cuál es, Señor de Arabia?

—Me darás cuenta de todo lo que él te revele, sin omitir una sola palabra ni comunicarla a terceros. Para esta misión tendrás el cargo de embajador especial del Imperio en función secreta ante el prisionero. Ya sabes que todo embajador que oculta verdades a su soberano, o las divulga sin su consentimiento, paga por su traición un precio de sangre. ¿Te consideras capaz de asumir el riesgo y ejecutar el mandato?

—Me considero. Nada intentaré ocultaros y nada divulgaré de lo hablado sin vuestro consentimiento expreso.

—Quedas nombrado embajador personal mío por el tiempo que dure vuestro encuentro. Tu futuro decidirás con tu conducta. ¿Quieres que te acompañe tu discípulo, sometiéndose al mismo rigor?

—No es necesario.

Hasib inició un gesto de protesta, pero Dalhabad lo detuvo con una mirada.

—Dentro de una hora, la guardia te llevará al Pabellón Central. Entre tanto se reabrirá la trampilla que utilizaron las mujeres hasta que Iskandar las rechazó. Serás descolgado en la planta alta. Prepárate.

Cuando salieron, Hasib le dijo al poeta:

—¿Por qué me has excluido del encuentro, Dalhabad? Yo quería ir contigo, como voy a todas partes.

—Como has comprendido el peligro es grande. Será difícil que Al-Iksir se contente con lo que yo le diga cuando vuelva. No quiero exponerte a tanto. Por lo menos uno de lo dos tiene que quedar como testigo de los hechos.

Mirándole con gran tristeza, Hasib le dijo, recordando a Zoz, su primer protector:

—Dalhabad, no quiero que la historia se repita.

—No se repetirá —repuso el poeta alentadoramente—. Tengamos confianza. Es necesario que dé este paso. Si no lo hiciera, no sería digno de ser llamado Cantor de Arabia, porque en mis versos no sólo tiene que resplandecer la belleza, sino, además, por encima de todo, la verdad. Iré a buscarla, aunque mi vida esté en peligro.

XVI

Junto a los lanceros encargados de su protección, Hasib contempló a distancia, desde una umbría del Jardín Monumental, cómo Dalhabad era izado en una silla portátil por cuatro esclavos nubios, con ayuda de un ingenioso sistema de cuerdas y poleas, hasta la misma cúspide del Pabellón Central.

Una vez allí, los esclavos abrieron la trampilla y descolgaron ceremoniosamente a Dalhabad hacia el interior del edificio. Los guardias sordos, sin descuidar su permanente vigilancia, contemplaron también la operación.

Inmediatamente después, Hasib presenció un hecho inesperado. Un nutrido grupo de hombres, tan pequeños que los tomó por niños al principio, surgió de la espesura del parque. Al momento, aquellos hombrecillos treparon con agilidad simiesca por el exterior del Pabellón Central, sirviéndose de relieves y resaltes y, algunos de ellos, cogiéndose de las cuerdas utilizadas antes por los nubios. En pocos momentos, todo el exterior del Pabellón quedó moteado de manchas pardas que se inmovilizaron.

—Son los escuchas de Al-Iksir —oyó comentar Hasib a uno de los lanceros—. Pueden oír el vuelo de un moscardón a mil pasos de distancia. Estos oidores son los espías más temibles de la corte.

Hasib comprendió el terrible significado de aquella ocupación exterior del edificio. Los oidores se habían apostado junto a todas las aberturas principales del Pabellón. Su finísimo oído y la propia resonancia de las salas iba a facilitar su cometido: escuchar lo que hablaran Iskandar y Dalhabad. ¡Si al salir el poeta no revelaba todo el contenido del encuentro, estaría perdido sin remedio! Y no era de esperar que lo dijera todo, por supuesto; la situación era muy comprometida.

«¡Si pudiera yo avisarles!», pensó Hasib casi sin esperanza.

Al ser depositado en la estancia más alta del Pabellón Central, Dalhabad comprobó el gran estado de abandono y deterioro que allí reinaba. Docenas de aves campaban a sus anchas y lo miraban como a un intruso. Los suntuosos muebles del aposento, ya sin identificación posible, habían sido troceados y astillados para convertirlos en maquetas de fabulosos edificios. Los valiosos tapices que cubrían las paredes estaban llenos de cortes y desgarraduras que insinuaban fachadas de templos y palacios. Las losas de turquesa del pavimento tenían fuentes dibujadas. Para trazarlas, Iskandar había utilizado pintura hecha con excrementos de aves, y rayas directamente grabadas con diamantes, arrancados de sus engastes, que estaban esparcidos por el suelo. Algunas de las piezas del vestuario que Iskandar nunca había utilizado estaban erguidas en grotescas posturas gracias a sus rellenos de hojarasca y plumas vaciadas de colchones y cojines: parecían personajes de pesadilla, espectros sin rostro, alucinaciones, burlas tragicómicas. Algunas guardaban semejanza con el Emperador.

Sobrecogido por aquel espectáculo, y a la vez esperanzado, Dalhabad dedujo que Iskandar, a pesar de su situación extrema, continuaba entregado a su pasión de crear y proyectar. Quiso entender que aquéllas eran señales de entereza anímica, de cordura y de capacidad.

El poeta descendió por la escalinata que conducía a la planta inferior. Allí se encontró con idéntico panorama, aún acentuado. Con argamasa de tierra, arena, hojarasca y otros desechos indescifrables que el aire había introducido en el Pabellón, el arquitecto prisionero había armado monumentos y túmulos a escala reducida, con gran variedad de formas, sobre las alfombras arruinadas.

Dalhabad no pudo guardar silencio por más tiempo. Impresionado por la actividad del arquitecto en su encierro y por su fidelidad a los ideales de su arte, pronunció su nombre con voz sonora:

—¡Iskandar! ¡Iskandar!

Al no obtener respuesta, añadió a su llamada:

—Soy Dalhabad, poeta de Siria y Arabia. Tengo licencia del Emperador para visitarte. Pero vengo como amigo, como amigo hasta la muerte. Quise cantar la gloria de tu Jardín Monumental, pero ahora me interesa más la tragedia de tu destino. ¡Muéstrate a mí y déjame abrazarte, amigo!

Hubo a continuación un silencio sobrecogedor. Los murmullos del parque se acallaron. Los pájaros que poblaban el interior enmudecieron. Dalhabad estaba rígido y quieto, expectante, incapaz de un solo movimiento. Solo las toscas maquetas de argamasa parecían tener vida.

Entonces apareció Iskandar. Surgió del interior de uno de los túmulos, del más alto. Su aspecto era pavoroso, de una delgadez extrema que su desnudez casi completa acentuaba. En su cara, casi oculta por la cabellera larga y enmarañada y por la barba pobladísima y en desorden, sólo podía verse una nariz lívida y unos ojos retadores y llenos de consciencia.

A Dalhabad le bastó una mirada para darse cuenta de que en aquellos ojos residía la más intensa lucidez. Iskandar no estaba loco ni su mente sufría extravío alguno, a pesar de las adversas circunstancias. Al contrario, su clarividencia y su voluntad parecían muy intensas, acrecentadas por el infortunio.

La enorme energía interior que la mirada del arquitecto traslucía, impresionó a Dalhabad, que estuvo sin hablar un momento, hasta que exclamó:

—¡Iskandar! Soy quien te he dicho: Dalhabad. Quiero estrecharte entre mis brazos y grabar en el aire con palabras de fuego esta verdad: tu cautiverio clama a la auténtica justicia. Considérame servidor de tu causa.

Aún sorprendido, con recelo, pero hondamente emocionado, Iskandar dijo:

—Quisiera creer que eres quien dices, el inmenso Dalhabad, el que cantara:

Los escondidos jardines pueden prescindir
de que las nubes se desnuden de sus aguas:
los ojos de los narcisos brillan al alba
con gotas de rocío que parecen lágrimas.

Y el que escribió también, en homenaje a su amada muerta:

Buscaban refugio en tus ojos las Pléyades,
y el aire en torno a ti se hacía mágico.
Zafiro del Amor en esta tierra: te fuiste,
pero siempre brillarás en mí, en la luz y en las
[tinieblas.

Finalmente, Iskandar dijo, entre lágrimas como las de los narcisos que había evocado:
—¡Quisiera tanto que tú fueses en verdad el autor de esas palabras, Dalhabad!

El poeta, conmovido por la traspasadora emotividad con que Iskandar había declamado sus antiguos versos, le dijo:
—Voy a darte a conocer una de las primeras estrofas que he compuesto en homenaje a tu Jardín Monumental. Espero que al oírmela no dudarás:

Todas las Artes te han dado su belleza,
jardín-paraíso, joya suprema de Iskandar.

*La mano del céfiro te deja, al alba,
monedas plateadas de luz que bastarían
para llenar todo el parque, entre las ramas,
con dinares de sol que lo engalanan
y dan vuelo sublime a las miradas.*

La desconfianza de Iskandar cedió al instante y supo que era Dalhabad en persona quien le hablaba. Los dos hombres se fundieron abrazándose como nunca en Arabia dos hombres lo habían hecho antes. A su alrededor, y en todas las estancias, los pájaros cantaron.

XVII

Pasaron dos largas horas, interminables, densas, llenas de malos presagios.

Hasib esperaba, flanqueado por los dos lanceros que eran como sombras del muchacho, aunque no le daba el sol. Su mirada no se había apartado ni un momento del Pabellón Central.

De pronto vio que los oidores, que habían estado todo el tiempo inmóviles en sus puestos de escucha, se deslizaban apresuradamente por las superficies del edificio. Aquello sólo podía significar que el encuentro entre los dos artistas había concluido.

Los hechos siguientes lo confirmaron. Mientras los espías desaparecían en la inmensidad del parque, Dalhabad hizo la señal para que lo izaran. Los nubios ejecutaron su trabajo y Hasib pudo ver a su maestro cuando apareció junto a la cúpula central del Pabellón y esperó, erguido y seguro de sí mismo, a que los esclavos dispusieran la silla deslizante.

En aquel preciso momento, miembros de la guardia imperial, en gran número, llegaron al lugar. Los guardianes sordos saludaron su alto rango y se mantuvieron aparte sin abandonar sus puestos.

Dalhabad fue descendido hasta la grava del parque. Los soldados recién llegados lo rodearon y, aunque sin tocarlo, le indicaron que caminara entre ellos hacia la puerta de las murallas del Jardín Monumental.

Hasib comprendió que aquella iba a ser la única ocasión de que dispondría para avisar a Dalhabad de la escucha de los espías. Quiso echar a correr hacia él, pero los lanceros lo agarraron con brutal firmeza, impidiéndole dar un solo paso. Entonces gritó, a voz en cuello, con todas sus fuerzas:

—¡Dalhabad: han oído lo que hablabais!

Las férreas manazas de los dos soldados taponaron su boca. Las palabras gritadas, a causa de la distancia, no llegaron a Dalhabad, que ya caminaba rodeado por la escolta de palacio. Parecía un prisionero, un caído en desgracia.

Hasib sólo pudo verlo alejarse unos momentos más: un fuerte golpe lo dejó de bruces sobre la grava.

* * *

Con el aire de triunfo que se adivinaba bajo la

rigidez de su rostro, Al-Iksir le preguntó a Dalhabad, con un leve tinte de ironía:

—¿Obtuviste fruto del encuentro? ¿Conoces ya el secreto, si lo hay, de los días de ausencia de Iskandar, o te has convencido de que su mente cayó en un pozo oscuro del que quizá nunca saldrá?

Con voz firme, el poeta declaró:

—Su mente está gravemente trastornada, teníais razón. Ya no me cabe duda alguna. Tuvo un instante de efímera lucidez, al principio: pero sólo le permitió recordar algunos de mis antiguos versos. Luego continuó desvariando hasta el final, cada vez más. Con poético e incomprensible lenguaje que no disimulaba su locura, sino que la hacía aún más evidente, se refirió a fabulosos palacios y recintos que sólo existen en su imaginación enferma. Yo le respondía de vez en cuando con lenguaje también lleno de metáforas, para confortarlo y seguirlo en el alucinado juego. Fue un suplicio mantener tanto tiempo el simulacro de diálogo: se me hizo interminable. Pero no quise cortarlo por no enfurecerlo ni excitar su contenida agresividad. Además, al hablar de aquel modo incoherente, parecía lograr tranquilidad para su espíritu. Por ello lo dejé explayarse hasta que quedó agotado. Naturalmente, no le hice ninguna de las preguntas que tenía preparadas. De nada hubiera servido: su mente está perdida sin remedio.

El Emperador proclamó solemnemente:

—Has dicho verdad: la libertad es tuya, y mi confianza. Puedes dedicarte por entero a la composición del canto. Mientras llevas a cabo tu valioso trabajo, puedes continuar aquí como el más insigne de mis invitados.

—Magnánimo y generoso Emperador —repuso Dalhabad en tono cortesano—: agradezco vuestra hospitalidad y la gran distinción que representa, pero será preferible que salga a los caminos y componga en ruta mi gran canto. La desagradable experiencia vivida ha dejado en mi ánimo un sabor amargo. Ha sido muy duro ver que Iskandar, el que llegó a lo más alto de las artes, yace ahora en los subsuelos de la locura, sin esperanza. Necesito alejarme del Pabellón maldito y serenar mi ánimo para que la inspiración fluya, fecunda, de nuevo. Por los juglares conoceréis mi canto hasta el día en que yo mismo venga a entregároslo, escrito por mi mano. No descansaré hasta culminarlo y cantaré por todo Oriente vuestra gloria y la belleza del Jardín Monumental.

—Aunque me apena y contraría tu deseo de alejarte, comprendo y respeto tus sentimientos. Esperaré con impaciencia los versos que prodigues. ¡Que tu voz y tus palabras salten reinos y fronteras y sean siempre oídas!

Dalhabad se retiró entre grandes honores y fue al encuentro de Hasib que, desconociendo lo ocurrido, lo esperaba en el cuerpo de guardia rogando por su alma.

Al-Iksir ordenó después que lo dejaran solo. Quería ensimismarse y saborear su gran victoria sobre los hechos y la Historia. Lo dicho por el poeta coincidía plenamente con lo que antes le habían revelado sus escuchas. Iskandar, sumido en la locura, no había mencionado a Dalhabad la traición del Emperador en el día de la inauguración del Jardín Monumental. Lo que más temía Al-Iksir ni siquiera había sido insinuado por el arquitecto, perdido entre versos incomprensibles que nada coherente significaban. Con el sabor de la dicha en la boca, el soberano pensó:

«Finalmente ha resultado ser verdad, después de tanto proclamarlo, que Iskandar ha perdido la razón. La demencia que le atribuí para amparar mi maniobra está ahora en él, como fruto último. Todo coincide, pues, los hechos y la ficción, como dos filigranas que encajan confundiéndose en un solo dibujo primoroso. Y así será para siempre. Silenciados y en la tumba los esbirros que pusieron el narcótico en la copa de rubí, el secreto morirá conmigo».

Subió entonces el Emperador de Arabia al más alto alminar de su palacio y, una vez más, contempló el extenso panorama de su Jardín Monumental. Cuando su mirada se detuvo en la policromada figura del Pabellón Central, dedicó a Iskandar sus pensamientos:

«Que muchos años vivas, mi arquitecto, feliz entre las quimeras que imaginas, mientras los hombres admiran los logros de tu ingenio, como harán siempre. Bienestar en tu encierro te deseé desde el primer día, lo sabe el Cielo; si ahora la felicidad ha llegado a ti con la locura, benditas sean ambas, que para ti son una».

XVIII

Dalhabad y Hasib fueron pomposamente escoltados, durante largas horas, por una sección de la caballería personal de Al-Iksir.

Los jinetes imperiales, con atuendos de gran gala, acomodaron el trote de sus veloces caballos a la cansina marcha de los camellos de los dos viajeros. El contraste era notorio, pero los guardias de honor disimularon su disgusto y se adaptaron resignadamente.

Dalhabad aún no había tenido oportunidad de explicarle nada a Hasib. Siempre, desde el momento en que se reunieron en el cuerpo de guardia del alcázar, la proximidad de unos u otros soldados había impedido que ambos pudieran hablar secretamente. Incluso en plena marcha a través de los páramos, no hubiese sido prudente exponerse a que algunas de sus palabras llegaran a oídos de los jinetes que los acompañaban.

Hasib observaba a menudo el rostro tranquilo del poeta y veía en él motivo de esperanza. Pero no sabía a ciencia cierta si Dalhabad fingía o estaba sereno realmente. El muchacho aún temía que en cualquier momento los obligaran a dar media vuelta para someterlos a un final atroz. No podía olvidar la suerte corrida por Zoz y su angustia de aquellos días.

Cuando a la caída de la tarde avistaron una ciudad que pertenecía a una provincia distinta, el comandante del escuadrón montado les rindió los últimos honores y se despidió. Acto seguido, los jinetes volvieron grupas e iniciaron su regreso a la capital del Imperio, desentendiéndose de ellos.

—¡Al fin! —suspiró Hasib, en cuanto los soldados estuvieron a suficiente distancia—. Ahora podrás decirme qué milagro es el que ha ocurrido. No acabo de creer que estemos aquí, libres y vivos, Dalhabad.

—Por mucho que viva, no volveré a tener jamás un encuentro tan extraordinario como el que he tenido con Iskandar.

—Pero, ¿cómo fue el encuentro? ¿Qué te dijo?

—Su energía interior es inmensa; su voluntad, indomable; y el poder de su mente, más fuerte que la adversidad. Me reveló una verdad deslumbrante, épica.

—¿El Emperador la conoce?

—No, desde luego.

—¡No lo entiendo! Al-Iksir ya sabía lo que hablasteis: sus espías se encaramaron al Pabellón y estuvieron escuchando.

—Los espías escucharon, no lo dudo, pero no entendieron lo que oían. Estarán preparados para sorprender conjuras, rebeldías y traiciones en boca de cortesanos, y en eso serán certeros y temibles, pero lo que nosotros hablamos fue algo muy distinto. Ni el mismo Emperador supo interpretar nuestras palabras y darse cuenta de la verdad. Iskandar, fingiendo que deliraba, se dirigió a mí a través de metáforas poéticas cada vez más complejas. Yo le respondía de igual manera, simulando que le seguía la corriente por haberme dado cuenta de que estaba loco. Pero nos entendimos.

—Pero ¿sabías que os estaban escuchando los espías?

—A los pocos momentos de encontrarnos, las aves que estaban en la estancia, y las que habían entrado entre tanto, se agitaron y cantaron de manera extraña. Iskandar adivinó la causa de su alteración y captó su mensaje: alguien estaba fuera, acechando. Fue entonces cuando él empezó a utilizar un lenguaje lírico, aparentemente demencial, y yo a hacer otro tanto después de que Iskandar me indicara por señas que nos estaban escuchando.

—¿Cómo pudo el arquitecto desenvolverse tan bien con las metáforas si no es poeta?

—Él es... muchas cosas a la vez. Es difícil definirlo. Pero conoce bien la lírica: en muchas ocasiones ha hecho grabar versos en fachadas, cúpulas y frontispicios. Ha leído muchos textos, ha escuchado a cantores de todo el mundo, ha copiado inscripciones de antiguas tumbas, ha estudiado pergaminos... Por eso fue capaz de servirse de las metáforas como lenguaje cifrado. Nuestra conversación fue mantenida en clave, en la clave más alta del lenguaje. Empezó diciéndome:

El amigo de las aves nunca estará totalmente prisionero entre los muros de mármol y alabastro que contengan [su cuerpo.

Al principio no entendí qué quería decirme, pero pronto lo vi con mis ojos: algunas de las aves que entraban y salían por las rendijas del Pabellón eran portadoras de secretos mensajes que él enviaba o recibía. Los llevaban muy bien camuflados entre el plumaje: no era posible darse cuenta cuando estaban en el aire.

—¿A quién enviaba los mensajes? ¿De quién los recibía?

Sin dar inmediata respuesta, gozando del recuerdo prodigioso, Dalhabad siguió rememorando:

—Más tarde me dijo:

Hacia el sol naciente se alzarán las torres
por cuya contemplación descenderá el cielo;
y el mar de los dioses griegos, el Mediterráneo,
reflejará los estanques laberínticos
que fundirán cielo y magia en sus aguas;
y el Nilo azul lamerá los egregios pabellones
que mis pupilas descubiertas han soñado.
Por sembrar tantas estrellas en la Tierra,
Iskandar será por siempre el amigo de los astros.

Los espías de Al-Iksir, y el Emperador mismo, tomaron esas palabras, que él pronunció adrede de modo alucinado, como los arrebatos líricos de un enfermo que en sus visiones contempla inexistentes maravillas. Pero aquellos versos eran información verídica y exacta, mensajes en clave oculta.

—¿Qué significado tenían? ¿Te dijo qué ocurrió cuando el Emperador ordenó su encierro?

—No fue necesario. Me dijo que estaba haciendo lo que Al-Iksir quiso evitar al convertirlo en prisionero.

—¿Qué cosa es?

—Te lo diré sencillamente: Iskandar está dirigiendo desde el Pabellón Central tres obras aún más extraordinarias que la que ha hecho en Arabia.

Sobrecogido y lleno de estupor, Hasib preguntó:

—¿Dónde... se llevan a cabo, dónde?

—En el norte de África, bajo los auspicios del Gran Califa del Mogreb, se está iniciando en gran secreto la construcción de un Laberinto Cósmico que será tres veces más grande, admirable y precioso que el Jardín Monumental. A orillas del Nilo azul, el Gran Sultán de Egipto impulsa los preparativos, aún no divulgados, de un futuro Observatorio Universal, que será el vigía mayor del curso de las estrellas en el cielo, con esferas móviles suspendidas y una infinidad de pabellones y bellezas, que superarán también en mucho a las del Jardín Monumental. Y, por último, en Oriente, el Emperador de Persia, bajo el mayor de los sigilos, va a acometer la construcción de un Imago Mundi portentoso, que será apoteosis, suma y síntesis del arte y de la arquitectura de todas las civilizaciones que dejaron su huella en la Tierra. Su belleza hará parecer insignificante la del Jardín Monumental. El recinto de Al-Iksir dejará de ser la maravilla más grande del mundo: ocupará, a lo sumo, un cuarto lugar, oscurecido por esas tres nuevas joyas, surgidas también del talento inmenso de Iskandar, ésta es la fabulosa venganza del arquitecto, nuestro amigo. Por esa causa, Al-Iksir conocerá la derrota más grande de cuantas pudieran herir su orgullo. Todas las furias desatadas serían incapaces de impedir que Iskandar creara. Mucho menos había de conseguirlo el Emperador de Arabia, ni aun sometiendo a nuestro amigo a tan inhumano sacrificio.

Hasib, perplejo, admirado, casi incrédulo, preguntó:

—¿Y cómo pudo Iskandar concebir esas obras en su encierro y sacar los planos sólo con la ayuda de los pájaros?

—Lo hizo antes de estar preso, claro.

—¿Aquellos días en que desapareció le bastaron?

—No. Lo había hecho antes, mucho antes. La visita de Zoz, vuestra visita, y las advertencias que él le hizo, causaron en Iskandar un efecto más profundo e inmediato de lo que pensábamos. A las pocas semanas intuyó el peligro que corría y tomó importantes decisiones. Su mente poderosa se puso en marcha. Mientras continuaba trabajando en el Jardín Monumental, empezó a diseñar las otras obras y a establecer un invisible sistema de enlaces y contactos. Supo disimular a la perfección que concebía otros tres proyectos simultáneos. Aunque él no ha podido darme detalles, he entendido que algunos de sus ayudantes eran, en realidad, arquitectos que habían colaborado con él en anteriores proyectos, a la vez que amigos de su más íntima confianza. Se presentaron en la obra del Jardín simulando no conocer a Iskandar. Como eran artistas de notable talento, y pudieron demostrarlo, Khaled, el visir-intendente de Al-Iksir, los contrató sin sospechar nada y los puso a las órdenes de Iskandar. Sé que esos hombres fueron para él valiosos cómplices y le ayudaron a sacar al exterior del campamento un gran número de planos, en fragmentos, que eran recogidos por otros colaboradores ajenos a la obra del parque, que se habían instalado secretamente en la ciudad para apoyar la maniobra. Por las noches, nuestro amigo concebía las tres obras restantes y, durante el día, se dedicaba al Jardín Monumental. Y así estuvo mucho tiempo, ayudado por sus amigos arquitectos.

—¿Estuvieron esos hombres en la obra hasta el último día?

—No. Cuando por el avance de los trabajos sus servicios no fueron ya necesarios, Iskandar se lo indicó a Khaled. Lo hacía siempre que algunos especialistas concluían los cometidos por los que habían sido contratados. Así, normalmente, sus amigos se marcharon, como estaba previsto, sin despertar ningún recelo. Al abandonar la obra y el campamento, se dirigieron a la ciudad, se sumaron a los otros conjurados y esperaron a Iskandar.

—Entonces, sus días de ausencia...

—Lo has adivinado. Al poco tiempo se produjo la misteriosa desaparición del arquitecto. Cuando al día siguiente empezaron a buscarlo, él estaba muy cerca, en la capital del Imperio, en un lugar seguro de la urbe populosa, ya reunido con sus colaboradores y amigos. Necesitaba estudiar todos los planos con calma y disponer de algún tiempo para afianzar su visión de conjunto de los proyectos, perfilar nuevos detalles y dar las últimas instrucciones a sus ayudantes. Según él previó, ellos serían los encargados de ejecutar las tres obras si Al-Iksir lo retenía o lo asesinaba. Cuando todo quedó establecido, se despidió de aquellos hombres como si fuera para siempre y volvió al Jardín Monumental con la inventada historia de su estancia en el monte de Arfoz. Entonces empezó la gran misión de sus amigos. Unos iniciaron un sistema de enlaces con aves, en previsión de que Iskandar pudiese necesitarlas como mensajeras. Los demás, en primer lugar, sacaron de Arabia la ingente cantidad de planos en varios viajes rápidos. Luego se dividieron en tres grupos y partieron en embajada secreta al encuentro de los otros tres grandes soberanos de la Tierra. Su objetivo era tentarlos con las extraordinarias propuestas. Mientras, a la vez que construía el Pabellón Central y ultimaba el parque entero, Iskandar, aún en libertad, perfeccionaba la llegada y el retorno de las aves que sus amigos le enviaban. Una vez más, Khaled y sus confidentes no sospecharon nada. Creían que prestaba tanta atención a ciertos ejemplares para estudiar sus características y su aclimatación. Gracias a las mensajeras, él sabe ahora que sus tres proyectos van a hacerse realidad en los próximos años, y hasta se permite el lujo de retocar pequeños detalles y transmitir instrucciones complementarias. No por ello su encierro deja de ser un suplicio, pero está atenuado por el curso de estos hechos extraordinarios.

Hasib no pudo contenerse y exclamó:

—¡La gesta de Iskandar es más prodigiosa incluso que una victoria sobre la Muerte! Su leyenda merece atravesar los siglos, para que todos la conozcan, mientras la Humanidad exista.

—Su proeza llegará a los tiempos venideros a través de nuestros versos; y muchos otros poetas del Mañana cantarán también la gesta del gran arquitecto. Para nosotros será largo y apasionante el camino: de Occidente a Oriente, en amplio arco, peregrinos en ruta hacia los colosales prodigios de Iskandar. Todos los visitaremos y, al fin, nuestras palabras difundirán su gloria perdurable.

Los camellos empezaron a dar muestras de impaciencia. Llevaban todo aquel rato quietos, esperando a que la conversación terminara. La cercana visión de la ciudad, que para ellos significaba comida y descanso, les hacía ansiar el fin de la jornada.

Ya oscurecía cuando Dalhabad y Hasib entraron en la ciudadela. Avanzaron por las animadas callejas, entre la muchedumbre, casi sin percibir la algazara. Se sabían en el ecuador de una magna aventura: si extraordinario había sido lo vivido, fascinante presentían lo que aún les esperaba.

Después de mucho tiempo sin haberlo conseguido, durmieron aquella noche el sueño de los benditos.

epílogo

Transcurrió casi un año antes de que los embajadores y confidentes de Al-Iksir alertaran a su Señor con la verdad.

Cuando el Emperador de Arabia supo que tres nuevas maravillas de Iskandar, que superaban con creces al Jardín Monumental, se estaban empezando a alzar en tres distintos lugares de la Tierra, sin que él tuviera ni la más remota posibilidad de impedirlo, comprendió la magnitud de su derrota y la esterilidad de la cruel sentencia que había hecho recaer sobre el arquitecto.

El Gran Califa del Mogreb, el Sultán de Egipto y el Emperador de Persia habían dudado al principio, a pesar del enorme atractivo de los proyectos que los amigos de Iskandar les presentaron. Aquellas realizaciones eran muy costosas, exigían asignaciones de recursos y riquezas que casi desbordaban sus posibilidades.

Pero fue el mismo Al-Iksir, con su conducta, quien acabó de decidirlos. Cuando los otros soberanos supieron que el Emperador de Arabia retenía a perpetuidad al arquitecto, comprendieron por qué lo hacía y desearon superar su esplendor. Así la desmesurada ambición de Al-Iksir acabó precipitando el fracaso de sus designios.

El Emperador de Arabia, ciego de ira, estuvo un largo tiempo dominado por la idea de hacer matar al arquitecto para castigar lo que consideraba como gran traición del prisionero. Pero al fin comprendió que nada ganaría con ello, aparte de hacer aún más odioso su propio papel en la leyenda.

Incapaz de conjurar lo inevitable, le ofreció a Iskandar la libertad a cambio de su renuncia a la fabulosa recompensa que se le debía, y a aceptar en su lugar, por todo pago, una sola y simbólica moneda de cobre.

Iskandar comunicó escuetamente su conformidad a Khaled, que seguía siendo el representante directo de Al-Iksir en todo lo relacionado con el Jardín Monumental y que, por tanto, actuó como intermediario en el trato.

Los ladrillos de oro que tapiaban entrada y ventanales fueron retirados a las pocas horas. Pero Iskandar aún permaneció unos días en el Pabellón Central, sin ser molestado. Prolongó su estancia para modificar el rumbo y destino de las aves mensajeras, de acuerdo con los cambios que iban a producirse con su libertad.

Pasado aquel breve tiempo, partió sin decir palabra, llevándose únicamente la moneda de cobre. El arquitecto y el Emperador de Arabia, que no se habían visto desde el día de la inauguración del Jardín Monumental, no se vieron tampoco entonces ni volvieron a verse nunca más.

Iskandar abandonó Arabia, y desde lugares secretos, diversos y cambiantes, dirigió a distancia las tres grandes obras que sus arquitectos ayudantes, convertidos en eficaces continuadores, ejecutaron magníficamente hasta su terminación. De las importantes recompensas que los tres soberanos concedieron, sólo retuvo para sí una mínima parte, la necesaria para su subsistencia, y obligó a sus amigos a que se repartiesen todo lo restante, sin atender a protestas ni a razones.

Más tarde visitó las tres obras, sin darse a conocer, disfrazado de peregrino, confundiéndose entre el gentío. La dura experiencia sufrida en Arabia había cambiado algunos rasgos de su carácter y se había vuelto precavido y aún más solitario. Rechazó siempre honores y homenajes, cuidadoso sólo del sosiego y la paz consigo mismo.

Nunca se supo con certeza dónde estuvo ni qué hizo durante los siguientes años de su vida. Pero no emprendió nuevas construcciones. Ya no quedaban en su tiempo otros soberanos lo bastante poderosos como para financiar proyectos de enorme envergadura. Y los que ya lo habían hecho, los cuatro más grandes de la Tierra, habían vaciado sus tesoros en las respectivas empresas y no podían acometer ninguna más.

Pero, muy probablemente, esas circunstancias no enturbiaron la paz de Iskandar. Había alcanzado cuatro veces lo insuperable en una sola vida. En pocos años, debido al esfuerzo sobrehumano a que las circunstancias lo obligaron, había dado de sí tanto que su existencia podía darse por colmada. Aunque eso no impidió, a buen seguro, que continuara siempre imaginando nuevas maravillas, pero consciente de que nunca las vería realizadas y sin sufrir porque sólo cobraran existencia en su pensamiento.

Según algunos cronistas de la época, vivió hasta edad muy avanzada y pasó sus últimos años en una de las islas griegas, de incógnito, dedicado a sencillas labores de horticultura y albañilería.

Cuando una mañana su cuerpo sin vida fue encontrado, tenía en una de sus manos, casi desintegrada, la moneda de cobre que había obtenido en Arabia.

Dalhabad nunca volvió a ver a Iskandar. Y tampoco culminó su deseo de contemplar las tres obras cumbre del arquitecto. Pudo extasiarse en el Laberinto Cósmico del Mogreb, recorriendo su trazado portentoso. También, con Hasib, que lo acompañaba a todas partes, superó todos sus asombros en el Observatorio Universal de Egipto, donde ambos se sintieron abrumados por una felicidad inefable. Pero en ruta hacia Persia murió, en Turquía, atacado por unas fiebres, sin conocer el Imago Mundi, que había sido inaugurado en aquellos días.

Hasib rindió homenaje a sus restos y les dio sepultura en las montañas turcas. Después continuó el viaje en solitario. El gran Imago Mundi de Iskandar le produjo sublimes sensaciones que él convirtió en versos, como continuador de la obra lírica de Dalhabad. Así, ya llegado a la madurez, Hasib culminó, muchos años después, el gran canto que Dalhabad había empezado en Arabia.

Uno de sus fragmentos dice así:

Los leones de ámbar creados por Iskandar
vierten por sus bocas coral líquido,
como si su sangre misma, con lágrimas mezclada,
fluyera sin cesar bajo el sol y las estrellas.

Y otro, de aún más directo homenaje al gran arquitecto que sus ojos nunca vieron, aunque sus obras los llenaran muchas veces, reza:

Iskandar, tu corona es diadema
que a la media luna se asemeja,
y es sol que ha llenado el orbe
de esplendores y bellezas.

Perpetuo estés en tu elevado puesto,
y seguro a la hora del ocaso;
siempre los astros en ti saludarán
al supremo forjador de encantos.

posfacio

El lento paso de las Edades, la erosión del Tiempo, los cambios climáticos, las catástrofes geológicas, las guerras y los saqueos acabaron con el esplendor de las grandes obras de Iskandar.

Los manantiales se secaron, el inmenso verdor se perdió en hojarasca muerta, los cientos de edificios y pabellones se fueron hundiendo lentamente, las colosales estructuras quedaron quebrantadas, los trazados se difuminaron y borraron, y la belleza retornó a la Nada.

Hoy ya no quedan bajo el sol más que muy escasos vestigios de aquellos portentos. En su mayor parte yacen bajo tierra, desfigurados, irrecuperables, vueltos al polvo.

Pero la leyenda de Iskandar vivirá siempre, como

siempre vivirán los versos de Dalhabad y Hasib, los cantores de Oriente.

¡Ensalzados sean, y con ellos Zoz, el sabio oráculo, que ayudó a que fuese grandiosa proeza lo que estaba destinado a ser tragedia!

ÍNDICE

Primera parte 7
Segunda parte 41
Tercera parte 75
Epílogo 115
Posfacio 121

La feria de la noche eterna

Joan Manuel Gisbert

ALANDAR, +12 n.º 130. 195 págs.

Una extraña feria, con misteriosas atracciones y personal inquietante, atrae hasta la fascinación a Emilio, un muchacho que, por circunstancias, está en casa de un familiar casi desconocido para él.
Emilio sospecha que la feria es una apariencia que oculta algo más, un espacio secreto y prodigioso, en el que cosas insospechadas, o temibles, pueden ocurrir.
Será la pálida y enigmática Georgia quien se ofrezca como guía hacia lo que está surgiendo en la zona más desconocida de la noche.